宜蘭一瞥

舒國治 著

背山面海勢宏開，百里平原實壯哉。六萬生靈新戶口，三千田甲舊蒿萊。

邨舂夜急船初泊，岸湧晨喧雨欲來。浮議頻年無定局，開疆端待出群才。

〈相度築城建署地基有作〉

首任噶瑪蘭廳通判　楊廷理

目次

自序、心中最寶貝的鄉下

很多人皆注意到了，說我全台灣寫了很多地方，卻很少寫到宜蘭。的確。然而為何如此？乃我一直不捨得提筆也。

宜蘭有太多我私心嚮往、私眼偷瞧、私景偷藏、私口偷享的諸多我早就稍微開了頭初初淺知淺曉的優美妙處，只等著我細細深掘後想好好寫一本我心中最欲保有的美好舊日田園台灣。

只是我一直不知為何的往下順延，沒去進行。或許是旁務太多，也或許是每次時間不夠，才抵又繼續往花東深遊把它暫且擱下了，但最大的原因，是我不捨得那麼快便把它一股腦兒給抖了出來。

宜蘭於我最大的吸引力，是它的「鄉下感」。這是我心中竊想台灣最了不得的祕密。

一說鄉下，人便說了，台中彰化不鄉下嗎？雲林嘉義不鄉下嗎？台南高雄不鄉下嗎？我知道人們會這麼問，然我所想只不過是：台南縣高雄縣嘉義縣固也有田有竹叢有溪流有塘有埤，但太豪放乾曠，直是攤在朗朗乾坤下，竟然塑形不成其我心中的「鄉下」。南投雖有田疇，更有拔峭山陵，莽莽蒼蒼，番狂雄奇，

亦教我思不及「鄉」。雲林彰化，農田更闊，然炎陽普照，海風拂送鹽鹹腥香，此種乾澀漠漠，又似不是我的「鄉下觀」。

只有宜蘭，我一逕視它為鄉下。

我雜亂目光所及的宜蘭，很慚愧，竟然皆是那些變幻莫名一滾又一滾的烏雲（有時不久前還是白的），雲下受風搖撼的雜樹，以及樹前或山腳跟著抖動舞灑的葦草芒花，伴隨著水光反射的寬闊田疇與不即不離守伴

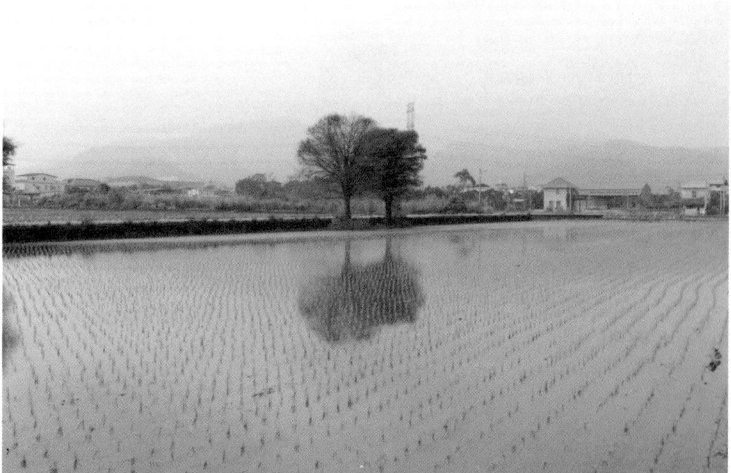

在田疇不遠處彎彎斜斜的小溪或池澤，這種種，形成一片平沙落雁的澹遠之景，無處不能見之，只如是極其慣見的不值錢之風景，卻也是最教人壯懷空曠的畫面，我自來便愛之不歇。

又宜蘭僻處一隅，雪隧未開前，可說極其封閉，甚至遊人罕至。令它的鄉、它的荒、它的少建設、它的緩慢、它的樸拙氣、它的傻勁……靜悄悄的、幽清清的，冷鎖在那廂。這令我每次窺見它，皆像是「好不容易又來到這塊鄉下」矣。這是極美的一種經驗。

當然，宜蘭能有此般風情，雨也扮演重要的角色。老諺「竹風蘭雨」，自幼便是我們的基本台灣地理常識。便因雨，令宜蘭始終有一襲淒迷的氣質。也因雨，令農田、村樹、土路、河堤等始終和人相距得頗疏遠，甚至令人與人也隔著一層水氣兮兮的薄紗。

雨，帶給了農事不少操勞，甚至遲緩了收成的速效，卻也替自然留存了更多的美妙灑脫質樸。

宜蘭除了是雨鄉，更是水鄉。

也就是河流。蘭陽平原實在太富於河流，造成千百年下來這兒土泥擠過來成為村與田、那兒砂石擠過去成為崙與坡，於是地景極為凌亂卻又極為豐富，而因水的流沖推壓侵吞而廓出的不規則地勢與地勢上的樹草植被與人為的拓墾成田及棲住成村痕跡，造就了我所謂之觀探不膩的宜蘭鄉野。

這些河，絕不只是蘭陽溪、宜蘭河、冬山河這些名頭顯赫的大股水流。甚至還不只是大礁溪、小礁溪、羅東溪、得子口溪、二龍河、十一股溪、金面溪、湯圍溪等這些還叫得出河名的小股水流。更有難以數計的大排、中排、圳、溝、坑、塭，穿梭糾結成宜蘭的人與水澤苦樂與共、時憂又時喜的先天情境。

溪流與河川的延伸範圍太多又太隨天災而飄忽不定，致宜蘭太多的村舍旁緣有不少「不確定地」或像都市所稱的畸零地。不知是否這一原因，宜蘭村莊上的房子蓋得不是很密，豪宅大院不是很多，更好的是，無數的村家後緣或旁側（尤其貼鄰於溪、緊靠於塘的）皆有著一畦又一畦的菜園，此看於我這台北孩子眼裏，真好生羨慕也，更好生賞心悅目也。

然這或許是我觀光客說風涼話所看出的好。實地住此勤耕苦犁、與水謀生的莊稼人家未必不是受足了辛酸嘆夠了怨氣。

宜蘭有太多種細膩，相信是「人與天爭」下的結果。且說一件，宜蘭的小麵攤，傳統上極有可觀，他們下麵條、等火候、撈起、拌醬調味，皆弄得一絲不苟，甚至有的店家已根本像匠人般將「下麵條」弄成是做作品一般的堅持。三十年前黃春明告訴我宜蘭火車站附近的「駝背麵」便是顯例。

今日此類麵攤仍可見於不少角落，且猶看得到那份「蘭陽式細心」的痕跡。羅東興東路11之1號無招牌的那家麵店，但看阿婆盤麵、煮麵的專精準確可知。

十幾年前，與基隆朋友聊及麵攤之事，大家咸謂：基隆不少

店家下起麵條，亦是細膩有板眼，並且零散佈於城市各騎樓下，絕不只「廟口夜市」而已。我又提及：基隆不少人，往往自宜蘭移來，兩地皆多雨，他們對於惜物，不免不約而同的表現在烹調上，是否有些可能？他們謂，甚可能也。

再說蔬菜。早聽不只一兩人說，他們幾乎不吃市場上大規模自中南部運來的蔬菜，只堅吃宜蘭本地種出的菜。

宜蘭的菜園景，不僅是最美好的生活資產，那種每家庭一小片一小片菜圃的景象，也像是再窘迫、自家土裏亦得勉強餬口、是蝸居屈身、人仍可有志氣的最強象徵。絕不只是「不必購食中南部大批量運售的狂噴農藥之蔬菜」這種安全思維而已。

在宜蘭城鄉四處遊看，發現一現象，即「建築」（architecture）甚多。宜蘭或許是全台灣最易讓人看到「建築」的縣。

你到虎尾、新營、南投、岡山、民雄、豐原、潮州，皆不可能像在羅東、礁溪、頭城、宜蘭那麼容易注意到如此醒目又如此多的建築，這是頗特別的。

我所謂「建築」多，而不是說房子多或「建物」（things built）多，就好比媽媽做的菜，即使美味極矣，也不「擺盤」，也不會自稱「美食」。餐廳所烹菜，很愛擺盤。媽媽的菜，可喻「建物」；餐廳菜之「擺盤」，可喻建築。

不知是何種道理？是宜蘭人比其他縣鄉鎮市的人喜歡建築嗎？

抑是宜蘭很希望人們注意它？

竊想有一可能，是過往年月有頗長時候這裏的房子住來甚是辛苦，故而蓋成高樓乃求高效能的抵禦天災。至若花色醒目、模樣突出，莫非為了

將過往幾百年宜蘭亙有的淒風苦雨、灰黑氛調、舉目無色等陰陰鬱鬱趁此大好時機索性下一重手，好好將之報復殆盡。

不知是否我太喜愛它的本色鄉氣，有點像一種媽媽，看到女兒出嫁時化的妝，濃成那個樣，心中竟極不忍，都不想逼視了。

建築，我懷疑是近年台灣人的迷思。不止宜蘭一地而已。

不知道何時人們願意把房子簡簡單單又巧思靈動的蓋好、卻不需蓋成令人在車行中一眼就瞧到「那是一棟建築」。

行船於冬山河上，見兩岸打理得很工整，草地也修剪，很稱美觀。突然想及一事，岸邊不知有救生設備否？譬如說，每一、兩百公尺設三條短樁，每樁有一捆麻繩，若河裏有人溺水，岸上人可急拋出長繩，繩子細些無妨，但繩前端早綁好一塊重物（如套上橡皮的小石），拋出時略有重量，可及遠，擊到溺水者的頭部亦不至傷。

船行水上，兩岸時望，不斷揣想河堤後的景致為何。其實自陸路驅車，一段段的來尋河景，或許更有趣。這岸停停，下車登梯攀看。不久過橋，再至對岸探看。

宜蘭旅行，可淺分二類，高蹈板與平易版。早年享譽的太平山林場，或十來年前受重視的「福山植物園」，可稱高蹈版之典型，他如「雙連埤」此種高山湖之細遊亦是。

若是城鄉閒走，田塘雜看，則是平易版。兩者我皆喜愛，尤以後者，更受我多所實踐。如以開車一日遊為例，早上一出隧道，在頭城交流道出來，先看和平老街、再就近至大坑，於海邊眺龜山島。再至下埔看水塘與田間飛鳥、遠處青山。再至武暖石板橋，吳沙紀念館。北津社區看磚窯，順勢看金同春水圳與圳上有老嫗洗衣。

這便是我所謂的「城鄉閒走，田塘雜看」之例。整趟旅途，沒去蘭陽博物館、沒去宜蘭設治紀念館、沒在礁溪

泡溫泉、甚至連很解乏卻又不耗費時間的泡腳也沒去。沒去傳藝中心、冬山河親水公園、蘭城新月、金棗文化館、青蔥文化館。只一意留在「鄉下」。

有時才出了鄉，忽的又進了市鎮，這在宜蘭最稱慣常。像頭城路上，見一水池，池後人家，院宅莊隆，走近一看，盧宅是也。再走幾步，有康宅，見牆上書法不俗，偶蒙朋友引領坐下，喝茶閒聊，興致高時，鋪紙寫字，其不快意。

前次受邀下榻一民宿，度其位置，當也在冬山河岸不遠處。早晨在鳥聲嚶鳴中醒來，音色極美，是別處不易聽到者。我不懂賞鳥，亦無意快速學賞，然聆此鳥鳴，已可猜想宜蘭廣大水草最受好鳥來棲，何等仙樂仙境也，卻又是尋常田家景色也。吃過早飯，自後門走出，幾分鐘後，抵五結鄉老人活動中心。再走不遠，見一古樹，樹後方，又是一民宿，自院子斜穿，見一小小河港，袖珍極了，又安靜極了，直是家岸私港，泊了兩艘積滿前日雨水的鴨母船，再往後看，有兩人安安靜靜的釣著魚。

再走出民宿，循另一方向，不遠抵噶瑪蘭古宅，全用竹編，大門上鎖，風勢甚強，穿過竹縫猶有噓悉聲。古宅前院，呈下坡勢，小徑蜿蜒，繞過樹後，大約便要抵河。這種村景，又家又荒，不知怎的，我覺著熟悉極了，但又像五十年再也沒親臨。它每幾公尺都受我全神

和平街上的盧宅

盯看，一絲也不至遺漏。此時此刻一人也無，天上黑濛濛的掛著雲塊，風颳得呼呼颯颯，我知道我只會站著停留一分鐘，隨即返回住處，下一回不知何時會再來，或下回何時會再去另處。這樣的我不願眼神遺漏之地方，有可能太多太多，在宜蘭。我隨時可以思念及這種風景，一次又一次，永遠也不厭。

一、宜蘭風景

甲、經典景觀的排序

太多人喜歡到宜蘭玩了。

至於去宜蘭玩些什麼，則有各種有趣的回答。

但若說宜蘭的風景，則又更可以一談了。例如有人問：「宜蘭最美的風景是什麼？」這是很難簡短一兩句話就回答得了的。甚至東想西想，不知要以哪一處勝景來推舉。

先說清朝官訂的經典勝景。

清道光五年（一八二五）當時的噶瑪蘭廳通判烏竹芳所選定的「蘭陽八景」，第一個是「龜山朝日」；龜山島，直到今日仍是經典極矣的景致，在太多角度下皆能遠眺到它，倘晴空萬里更是清晰入眼，教人頓時心曠神怡。然有一節，它孤懸海外，如同一片似存似不存的屏風，你眺它一眼，真是不錯；繼而收起目光，它又好像被你默默忽略矣。又龜山島的出現，最好是忽的一下進入眼簾，教人驚艷不已。就像人

自雪山隧道陰暗中出來，突然眼前一亮，而龜山島聳立海上，正對著你。若非如此，龜山島的成景，會顯得太呈靜態，又太遠隔也。

清朝時浙江嘉興人屠文照〈龜山嶼歌〉謂：「台陽北路三貂艱，轉行東下臨深灣；忽逢海島如屏環，孤峰聳立蒼石頑。洵之父老名龜山，招同舟子相躋攀。……」屠氏之初遇龜山，便是此等驚見也。

至若排第四的「北關海潮」，清時的關隘早不存，今日只能純粹觀海聽潮，而無由「憑關」矣。而此處的觀海，

亦其實有一點遠眺龜山之意趣也。

而第六的「石港春帆」，烏石港的今日景觀，早已不同於清時之帆影片片，遊人倘去，往往是為了蘭陽博物館。

第二的「隆嶺夕煙」幾乎在宜蘭與新北市交界的「草嶺古道」附近，不只偏處一隅，景致亦稍顯模糊。

第三的「西峯爽氣」，約在龍潭湖與小礁溪之間，今日在近處東繞西遊，幾乎挑不出一處美景之點，可見滄海桑田之變化多大。

第七的「蘇澳蜃市」，這種海面折射景，今日亦不之見矣。

第八的「湯圍溫泉」倒是仍廣受歡迎，只是昔年礁溪的自然風光像一九五四年宜縣文獻會所選定的「蘭陽十八勝」中的「礁溪楓林」早已不存，堪可稱惜。

第五的「沙喃秋水」，在今三星鄉月眉村附近，是唯一這八景中完全位於平曠田野農村中的風景。而這風景如今猶依稀可以隱約窺見。人不妨自「破布烏」到「天送埤舊火車站」這一大片田地與其間的圳溝之上細細考校而去，當可掌握當年相當部分之景意也。雖說如今的龍泉瀑布，及柑仔坑左近，是昔日「沙喃秋水」的選景重點。然並未提及觀瀑，看來是著重平面佈開之景。不知是自瀑布處往北面平野望，抑是自北面平曠處往南面的瀑布望？

竊想多半是自南向北，望向泛景為是。當然今日北望，三星鄉已然人燈飽聚，「秋水」之意無由得見；倒是再向北，跨過台7丙，在破布烏等村莊與叭哩沙圳各支線周圍或能窺得昔年的風貌。

當一九五四年，縣長兼文獻會主任委員盧纘祥選定「新蘭陽八景」後，第一項的「太平雲海」便浮出檯面了。「太平雲海」，自五、六十年前我做小孩時，到至少

八十年代或甚至今日，皆是在全台灣可以排名很前面的奇景。第三項的「五峰瀑布」，當年選出時，甚希奇，然宜蘭瀑布極多，今日連南澳的「金岳瀑布」亦可輕易驅車而抵也。

第六的「金面大觀」，則九彎十八拐快近宜蘭時自高向下遠眺蘭陽平原與太平洋的絕佳觀景地也。當此勝景一出，清時的「隆嶺夕煙」與「西峯爽氣」竟至不值一哂也。

其餘的「大里濤聲」（二）、「龍潭清影」（五）、「南方漁港」（七）、「吉祥梵宮」（八），如今皆不易成為多教人震撼的勝景了。

排在第四的「武荖林泉」，以地理位置度之，昔年應甚有可觀，「林泉」二字，當可令人嚮往。今日稱為「武荖坑風景區」的這一塊，提供了遊人烤

員山

肉、露營的空間。倘不為如此，只是買了門票入園看風景，必定失望透頂。

再說「蘭陽十八勝」排第一位的「員山遠眺」，員山雖僅五、六十公尺高，然當年在平野上有此一山，器宇實也不凡。難怪最早的噶瑪蘭通判楊廷理有詩謂：「莫訝此山小；龜山許並肩」（〈登員山〉），可見蘭陽平原一望無際中，唯有西面的員山與東面海上的龜山島可以遙遙相對，成相互輝映之勢也。

排第七位的「西堤晚眺」，如今若在慶和橋旁觀眺，依稀是那美景。甚至在安農溪分洪堰有些位置或冬山河太多的角度，皆可獲得近似西堤晚眺的景意。

慶和橋的「軟兜」

慶和橋，看似無啥出色處，似只是橫跨宜蘭河多座橋裏的一座；實則景致頗可取。尤其建築師黃聲遠設計了一條「軟兜」，懸掛在水泥橋的東肩，作為人行步道，最是絕唱。有此步道，一來行人不必在水泥橋上與車爭窄窄之路，二來更多了遊憩之樂，不惟可散步過河，亦得悠閒賞景。這一軟兜，妙招也。

今日又多出了幾處風景，像「福山植物園」，像「雙連埤」，像「鳩之澤溫泉」，這皆是宜蘭最清幽、最不庸俗的景致。他如南方澳的「內埤海灘」在微雨的寒冬，來此佇立片刻，看看海也回頭抬眼看看高處隱約的蘇花公路前段，亦絕對是宜蘭孤絕格調下的一景。

頭城的「盧宅」及其宅前的水塘碼頭，是宜蘭發思古幽情的最佳景物。若再加上「利澤簡老街」並想像它西緣的利成路昔年是河道，則與頭城和平老街便可一南一北撐架起宜蘭古鎮的典範也。

至於俯瞰蘭陽平原，今日有佛光大學之居高，在此縱目，也堪可是一景了。

但宜蘭更多的，是散於零星村野農田的鄉景，那種很難定出景名卻又永遠看不膩的造物者隨機結塑出來的天成模樣。

利澤簡老街

乙、蘭地風景之獨特格調

宜蘭的本色景意，是一份平遠，是一種淡清。它沒有一纍一纍、一墩一墩的土泥濃積的油潤潤、肥實實的泥坡土崗，其上長滿了黃澄澄作物。它不像那種沃地，它沒有所謂膏壤。它有的，是平平薄薄的細沙細土，是佈滿纏繞的無盡水網。偶念及日本的風景，其實它的原野農田，很不被人視作美景，主要它的人為打理的房屋景、小橋景、長牆景、松樹景、寺院景等太是精采，相對的，田野景甚難凸顯也。中國雲南、貴州的梯田，是於高低起伏處作文章，這類地方瘴氣充盈，人民不免嗜辣愛辛，以資抗濕。這又與宜蘭的清遠淺澹自然地勢極為不同，宜蘭全是明澈流水薄薄刷撫而過，當然連吃食也傾向淡泊而清鮮之風情。

若不看宜蘭的高山、不看宜蘭的海島，只一意泛看宜蘭的空曠田野，它呈現很特別的清淡格調，清淡到幾乎有些貧平空無了。這等意境，很值得細細沉吟。再東望孤絕的龜山島，西望無盡處的雪山及山澗中的諸多瀑布，想著昔日觀潮處的北關、浮著夕煙的巉嶺、春帆片片的石港，這些絕景，自顧自絕；而絕景之下的平原水影，田上空貧蕭然，自顧自貧；兩相對照，低徊咀嚼，莫非這不就是二百年前清朝官宦

渡海所見的「世外桃源」？

當然，今日的宜蘭，已是田中央一幢幢矗立的獨立樓房之風景。與十五年前的宜蘭稍有不同。再與四十年前那種田土早均、景致已整的雅馴宜蘭又稍不同。倘若八十年前，應當更不同。至若一百多年前的險奇、絕艱，盡是蠻荒荊莽的古詩中所敘天然宜蘭又更不同也。「矗立參天雲際樹，橫空跨海雨餘虹」「青山到眼春成夢，滄海當闕靜似湖」（楊廷理〈孟夏六日重上三貂頂口占〉）「千畝穗垂含曉露，萬家炊起吐晴烟。龜山南北全開面，帶水東西任放船」（楊廷理〈九日登高〉）「瓜皮艇子短篙撐，傍柳依花遶岸行」「溪南溪北草痕肥，山後山前布穀飛」（仝卜年〈蘭陽即事〉）此等鄉景，今日確實見不太到矣。

我如今一意追尋的「鄉下」，雖險絕、奇艱早不存，但求田之野、水之荒若仍稍稍往原始上保住，那麼風停雨霽之時，便儼然有古詩之意境也。

丙、宜蘭的雨

雨，助長了宜蘭的「鄉下化」。四、五十年前，我還只是一個台北少年時，整個北部皆富於雨氛下的陰灰色調，而當時的基隆、宜蘭皆習稱「一年三百六十五天，下雨超過兩百天」。有時才下火車，見宜蘭街上濛濛黑黑，愁天慘雨，房子皆像是泡在雨汽裏，牆角永遠泛著黑色的漬斑與苔痕，印象奇特。無怪乎陳淑均《噶瑪蘭廳志》（一八四〇）謂：「蘭尤時常陰翳連天，密雨如線。」而柯培元《噶瑪蘭志略》（一八三七）謂：「噶瑪蘭未開時，終歲不見日光。開闢後，入冬以後，無日不雨。」

首任通判楊廷理詩〈九日晨起悶坐〉題下自注：「八月十六日雨，至此日止，中間晴不及五日。」又〈九月十五夜苦雨〉：「匝月秋霖不肯晴，中宵屢起看雲情。

……溪漲泥深肩負苦，雷奔電掣鬼神驚……」又〈畏雨〉：「一日陰晴屢看天，……擷實頻驚宿雨綿……」〈悶雨夜坐〉詩謂：「點滴茆簷流不了，滂沱荒砌漫將平。」單看這幾首詩題，皆是些苦雨、畏雨、悶雨，早年的多雨氣候可知矣。烏竹芳〈海濤〉詩：「緣何海嘯滿蘭城？山雨欲來先作聲。雪湧港門龍作吼，風搖舟楫客初驚。幾番飛瀑從天降，一片晶簾捲地橫。十里猶聞軒聒響，瀟瀟不住到天明。」他在題下自注：

「蘭近海，濤聲作，即大雨。」其實濤聲，在過往平曠無層層建物的年代，自海邊傳入七、八公里外的宜蘭市、羅東鎮居民耳朵裏，根本極有可能。而董正官〈漏天〉詩：「聞道黔中雨勢偏，秋冬蘭雨更連綿。」柯培元〈蘭城陰雨〉：「陰雨竟如此，繩牀客不眠。」〈頭圍〉一詩有：「山中自有梅花曆，海上常看玳瑁天。」「玳瑁天」後自注：「地多陰雨。」烏竹芳〈別菊花〉詩有「久滯蘭城厭海濱，陰雲不見日華新」之句。李若琳〈即事〉：「淫雨客疑天或漏。」

除了清朝，四、五十年代江蘇寓台的詩人劉鳴嵩的〈中秋颱風〉：「風狂天洩怒，雨急地興波。屋溜侵床簟，窗櫺震鼓鑼。」

歷年來宜蘭的「雨詩」必然太多太多，當是騷人墨客隨著氣候自然流露的心聲，絕非怨天宣苦也。近二十年，雨少了，然宜蘭風土性格之與雨息息相關，仍得隨處見之。

丁、何以宜蘭開不成舊書店

你且去看，在宜蘭，很難開舊書店（像羅東中山路三段２２３號的「生活舊書坊」是極難得的例子）。主要，舊書的收取有其難處。乃各家庭的舊書熬不了太久，常因幾年一次的颱風淹水，書便全毀了。再就是平日太潮，書在每人家中，永遠是發黃發皺的，書架上發出的霉味，也令它們永遠有垂頭喪氣的品相，久而久之，終於弄到幾年之後實在留不太住了。

那些在台北念書的子弟，後來長住了下來，在台北住家的房子不大，常想將書架上的書搬回宜蘭老家儲放；然總是為此事多所躊躇。乃書回宜蘭，命運更不可測矣。

二、說鄉下

甲、鄉下，是我玩宜蘭的主題

宜蘭予我最大的吸引力，是風景。而此風景之最核心內容，我認為是一個叫「鄉下」的東西。

以前，我認識的宜蘭，是鄉下的宜蘭。

幾十年前，自北宜公路的九彎十八拐將要下宜蘭時，眼下所見的蘭陽平原，全是稻田。那時房子皆矮矮的，尖的屋頂比比皆是。

所謂鄉下風景，先說稻田。眺看大片的田，是最習常的風景，永遠也不會膩。

觀看田，最好移動的看，這發展出觀賞宜蘭不妨是水平式移動的來看。於是宜蘭的鄉間道路阡陌縱橫下都是極珍貴可喜的路徑，幾乎就是天成的電影攝影軌道似的。這在早前它們還只是零星細窄田埂是不可同日而語的。那時只能定點眺看，如今大可以移動滑看。前者如同靜照，後者可同電影。

後來廣建了堤防，這些堤防亦提供了水平移動的極多風景。不僅騎自行車的人可滑行欣賞，慢跑的人可緩緩流目約略眺賞，溜狗的人可以左看右望的

觀賞，而在堤下的人亦可欣賞堤上的人或樹之剪影。

堤防，幾乎就是最清幽的步道。

堤防的風景，太多太多，晨曦與夕陽，亦有極多變幻。堤防，是宜蘭極特別的風景資產，雖然堤防之設建有其先天上人與水相頑抗的極多辛酸不得已之處。

另就是村莊，村莊是田野開闊下最好的歇停點。便因村莊，便形成了鄉下之不同於原野。村莊若太大，則就看不出風景；宜蘭有一特點，便是村莊小。此於土人的恆產言，可稱窮僻；然於外地過客的眼神賞視言，則不啻是一種得天獨厚。

村家三五之數，屋舍儼然，而屋前小塘，屋後竹叢，田坡上水牛低頭，稍遠有小河，樹影婆娑，樹下扁舟繫著，像是風聲緊時通往桃花源的河道。此種風景，最是療目，也最是養心。

而村口有大樹一株，這種風景最經典。蘭城橋向南跨過大礁溪，路邊一棵百年茄苳樹，這教人行路至此有一種親切敦睦的「即要入村」之感。樹旁一條曲路，似蜿蜒要通往村莊，進入所謂「阿蘭城」。

大樹，也常伴著老廟。而老廟，最是宜蘭村莊的核心景觀，由於宜蘭村家分得很散，有時外人行至近處猶不知到了何村，往往要借助廟宇的位置來尋得某村某莊。

阿蘭城村外的老茄苳

宜61與宜17交會處附近，有一「三官宮」，宮旁一株高昂聳立的紅楓樹，好看極矣，近年房子蓋得高了，這株古樹逐漸被遮掩了極多風采。這棵樹，指出了一個相當有模樣的村落，深溝村。

鄉下風景，常在於一種「不規則」，也就是大自然本身經過歲月劃下來的凌亂痕跡。譬如說，地面的不甚平坦，有高有低。譬似造物者用力糾扭而成的。路徑的曲曲折折，時而寬，時而窄，時而近乎消失。有時消失於池沼之前，有時消失於山坡之下。樹木的胡意佈局，有時長成一叢，幾乎可稱小林；有時長成一排，隨風颳起，而成同時掩下或同時拔起的整齊之勢。有時只有孤零零單成一株，旁邊無伴，遠處又有一株，孤在那廂。而草，更像是袖珍版的樹，亦隨處棲息成大自然的鬚髮；

人或許不怎麼放眼注意及它，直到它開出了芒花，隨風搖盪成紗帳般的大幕，人這才睜大了眼睛，像是驚嘆。

樹草的生長，常與土地的低迴流轉情勢，互成脈絡。這是鄉下之所以是鄉下、或原野之所以是原野，的基本法則。

此等不規則，或曰凌亂，最終底定時，雖很難言說，也未必可稱美景，但原是地球上早被識別的實存味況。若你生於長於人力不足以大肆更動它、而機械尚不怎麼發達的早先年月，像我所素知的五、六十年代，你看著此等實況，是頗習常並視為當然的，而你對此的描述，不見得有一美學字眼，你只能說，鄉下。

我去宜蘭，皆迫不及待要奔往鄉下……

在市鎮裏，如宜蘭市的北館市場、南館市場，我走進去，各攤看過去，倘在新竹或嘉義或台南的市場，我會很有耐心的逛下去，然在宜蘭，我想急著離開，去往城外的鄉下。可是我在新竹、台南，竟不怎麼想及鄉下。

可見宜蘭鄉下於我的吸引力。

羅東運動公園，很棒的地方，幾已是現代化的大型園林；然那猶不是鄉下，我沒法留在那兒不動。

宜蘭市內靜靜散步，西關廟去過，楊士芳紀念林園亦參觀了，岳飛廟亦去了，左近頗有舊時老日子緩緩光景，原可以好好徜徉一陣，再行至「社福館」，見慶和橋已在望，知道宜蘭河就在前面。這一當兒，完全不想留在城裏，居然迫不及待想要跨河到鄉下去。

結果一過河，便是「金同春圳」，圳水清澈，淙淙而流，源源不絕，見了此景，已然心曠神怡，倘更有老嫗在岸邊

洗衣，更是活脫脫「農家樂」三字的最經典註腳矣。

神農路向南，一走完，便成了進士路，這便是進士里，隨即就進入了鄉間，田野出現了，景也開闊了，房子也少了。哇，原來我要的是這個。

頭城最稱老鎮，然在青雲路上來來去去，一點也無法「發思古之幽情」，及至和平街、開蘭路閒走，老固老矣，卻仍擁擠緊湊，一直到開車至三和路（191公路），再進入下埔，眼界一開，水塘漫漫無涯，飛鳥青山全入眼底，這時，哇，才有了「鄉下」的感覺。

金同春圳

如今的宜蘭鄉下，是打理過的鄉下。昔日的「原始」鄉下，愈來愈少見矣。

身邊田疇、土堆、小溪、竹叢所形成的鄉下，是孩童平日玩樂的空間。那種稱不上「天然勝景」如瀑布、湍流、海灘等的家居景觀，已然很教孩童流連忘返、每日玩而不厭，這就是我一逕追求的鄉下。至若「往瀑布去」「往海灘去」根本已是許久一次如同節目般的「旅行」矣。

清朝的「蘭陽八景」，像「北關海潮」啦，或「五峰瀑布」啦，或「武荖林泉」之類，堪稱經典之景，已是招牌式或地標式的美學範例，與我所說的村家鄉景不是同一回事。

我更懷念此類村家鄉景，就像童時赤腳踏上田埂、經過樹叢、撥開竹縫、來到小河邊玩水或抓魚，而眼簾猶能收攝到渡頭邊的小船與樹幹上繞綁著懶洋洋的細殘纜繩那種鄉村破敗景意，然那就是全世界原本盡皆得有的馬克吐溫「頑童流浪記」的場景，卻如今全世界都視為極度珍貴罕見的情狀。

你且去看，「北關海潮」、「五峰瀑布」一百年來猶自存在，然我說的「宜蘭鄉下」卻一點一點的在消失改觀中。噫，一個不留神，或許十年廿年便消失殆盡矣。

乙、去鄉下，要找到鄉間的路

宜蘭最美是鄉村路，或者應該用英文字表達，country road。這種路多不勝數，在其上緩緩滑行，可以隨處看到水田、民家、遠山、橋梁、河流，甚至廣闊的原野。

宜蘭的原野，由山與海所圍成。正因為大海是此片原野的最盡處，更顯得這原野的平遠，或說遼迢，反正最遠最遠、最後最後的延伸而去，到底了，就是大海了。這種風景，極其適合小孩的成長，他

可以想像一種東西，遙遠。

其實整個宜蘭縣並不大，自山的一面奔往海的一面，用不了多少工夫。但甚少聽到朋友動不動說去海邊什麼的，這教人不自禁揣想海只是平原延伸至無盡處的一大圈厚邊罷了。然而宜蘭縣也不小，主要地形十分具變化，這是宜蘭得天獨薄卻終又是得天獨厚的地方。地形的脈絡主要由水的線索所廓成，宜蘭的水道最繁密豐富，令數百年居耕其上的百姓辛苦極矣，卻也令今日吾人隨處可以看見大自然的無所不流露出的微妙卻又美麗的信息，像大片大片綠油油的稻田與間接嵌入的處處菜畦、絲絲縷縷的溪流終年不斷與淙淙的水聲，平緩的地形與寬闊的天際線，漂亮的鳥禽與搖曳的花草蘆葦，更別說清脆鮮香無所不飄蕩的濕潤空氣。

宜蘭的地形既有多變如此，於是它的道路也就迂迴了，我所說的「鄉村路」便因此成形了。尤其到了冬天這些鄉村路益發可愛，稻田不耕了，而落在田裏的雨水仍留著，田疇俱成了一片片的鏡子，將天光與雲影更拉近到了地面，更延展得平遠了。人平行驅車，放眼眺望，總是清透極矣，又光滑極矣，是眼睛最享受又最舒服的大片景面。

人自「傳統藝術中心」開車出來，欲去五結，再去二結，再去三星，再去員山，可以全走的是鄉村小路。有時為了避開傳統的省道（如台9線）的擁擠車陣，當然也必須考慮選走小路。此時要繞遠路，最終證明居然很

有價值；怎麼說呢？不惟所繞經的小路景色很美，甚至多繞走的路程竟然比塞車還快。舉例言，自羅東往宜蘭，我幾乎很少走台9線，常走的路線，是公正路向西，跨北成橋（羅東溪），跨萬長春橋與大洲橋（穿越兩條分洪後的安農溪），接著走，便是宜61號公路，接著跨葫蘆堵大橋（蘭陽溪），碰上惠民路，右轉即宜17號公路，向東北，走不久，便是進士路，再不久，便成了神農路，進入市中心矣。這條路，多走了兩三公里，然全是風景，如台9線假日遇上塞車，選這條西線轉北，跨越四座橋的鄉村路，搞不好更快抵達。

自礁溪往南至宜蘭市，如不走台9線，那麼該選何路來走呢？如取西線，走宜5線，亦即德陽路，跨過得子口溪（龍泉橋），便是林尾路，遇宜6，向北上山，便可至佛光大學與淡江大學的蘭陽校區。若仍留在宜5，可近龍潭，再取5—2，及慈航路，便可跨慶和橋進入宜蘭市。然宜5有頗長一段太貼著山而行，僅能往開闊的東面眺景，頗是侷窄受限。內行的人懂得選某一、兩段與宜5平行的田間小路走上一陣（例如向開蘭路靠近些、向茭白路靠近一些），再回返宜5，直至宜5進入枕山，再換走別道。以上是西線。

如走東線，則不妨選191公路。可由宜4（興農路）向東，或由宜2（大忠路、六結路）向東，也可由宜6（十六結路）向東。走宜4，可經過奇立丹。走宜2，可經過桂竹林，與些許的淇武蘭。走宜6，可接

近踏踏與茅埔。

191相當寬裕，行車其上，眼界可及頗遠。不僅自然景觀悅目，偶然人文景致如書法家康懷所題超商等招牌也能入眼。

191過七張橋，是為延平路，不久進宜蘭市。若先西轉入192，再在「下渡頭大橋」跨宜蘭河，則是宜12，隨即不久亦進城。

人在海邊的大福，欲進城，自然取192公路。如不欲進宜蘭市，只想去西面的匏崙，則一逕守在192上即可。如想向

路旁所見的康懷書法

下往枕山，則再取宜5或宜13。人從壯圍的海邊欲去山邊的員山或三星，的確可以設法不經過宜蘭市或羅東鎮，除了避開塞車與層層的阻隔，也委實在於古早的交通原本就是一段段的跨經鄉野之過程。

196公路，自東面的五結，向西穿過羅東鎮，再穿過歪仔歪橋（其下是羅東溪），便是清洲。再走不遠，便是大洲。若向南，過大洲橋，則可去看安農

溪的分洪堰。安農溪南岸，有柯林湧泉。倘196一直向西，可抵三星鄉。再取省道7丙，可至天送埤與長埤。

自歪仔歪橋向西至泰雅大橋，這一大塊北有蘭陽溪、南有台7丙公路，中間所夾的一大片三星鄉，以我泛泛粗看，是整個宜蘭縣最清閒平靜又曠達宜人的優美鄉下。而這一大片鄉野，貫串它的鄉村路，便是196公路。由196再岔出去，一下可抵「石頭城」，一下可抵「阿里史」，一下又可抵「破布烏」。與它交叉的宜49、宜26—2、宜47、宜26—1，皆值得此來彼往的走一走。196西行到底，再轉上東興路，最終抵天送埤舊火車站，下車在此散步一陣，放眼盡是寧靜田園。

省道7丙，向西出了羅東鎮中心，先叫廣興路，再叫三星路。由三星路一段一直到「味珍香卜肉店」所在的三星路七段，全屬7丙，絕對是羅東通往三星最重要的幹道，沿路風景頗佳，然而即使它偏處西隅，也不時交通忙碌。某次要自柯林湧泉趕回台北，必須在羅東附近上國道5號的交流道，當時已是黃昏，內行咸謂萬不可取7丙，乃7丙則必須穿過壅塞不堪的中山路。最佳的途

天送埤舊火車站

徑，仍是取柯林路來上北成橋，接著一逕在公正路上向東行，便可輕易登上高速公路。

頭城向南，欲往宜蘭市，或更難，我常取191公路，如此可經頂埔、下埔、中崙。往往遇上宜8號，西行，可去看武暖石板橋，古蹟也。191、192再加上宜7、宜9等這些偏

味珍香卜肉

處東隅的道路，行走其上，可以想像百年前宜蘭河是向東北迤邐而上、游移於附近不少路徑、最終在烏石港附近出海的地理形勢。

省道9甲，向西直入山區，可抵雙連埤，此時已遠離人煙，空氣全是高氧，再往西，可抵有名的「福山植物園」，被譽為世界級的高山原始生態植物園，是宜蘭最可傲人的祕境。

泰山路 光復國小

省道7號，是自宜蘭市往員山鄉最主要幹道。先叫泰山路，在「正好小籠包」與對面光復國小所夾的這一段弧線，景意最清曠灑落，既沒有鄉野的荒澀，又離開了市鎮的緊壓。若要花個幾十秒拍攝有人在宜蘭悠閒吃著小吃的短片，「正好」這三叉路口位置，最稱佳景也。

事實上，東有宜蘭市，西有幾十公尺高的員山，這兩個經典地點所夾的中間區域，原就應該是極好的一片地土，然而人匆匆流目，未必能收進什麼教人心中一動的良景。只能在過了賢德路（宜18）後，設法彎進三鬮路，去看「林朝英古厝」（員山鄉尚德村三鬮路85號），這便又純是鄉村本色矣。若自此取尚深路向南，遇惠民路（宜

泰山路的包子店

17），這是個「五叉口」，多出的一叉是西面鑽出來的深蓁路。此處是深溝村、內城村、蓁巷村這三個村莊的新人文中心，將有機稻耕與田園安家的諸多人生實踐體悟，落腳在這片看似毫不起眼的田疇上。

林朝英古厝

省道7號，自員山後，向西大抵沿著蘭陽溪向上游推進，蘭陽溪源遠流長，然溪床大多只見卵石與乾曠沙灘，尤以冷水坑至牛鬥之間幾乎石灘上見不到什麼水流，奇哉。實則宜蘭之水，並非全走明渠，有的滲入地底，再於稍遠處的下游零星伏流湧了出來。

林朝英古厝

另有宜16。進士路甫出城，碰上金山東路，是宜16，可貫穿台7線（即員山的主幹，員山路），再穿過宜蘭河，是為永金一路，再穿過台9甲，進入枕山。是極方便的一條自宜蘭到員山、再接枕山的鄉村路，卻又是那麼重要、那麼城鄉相接的極佳孔道。至若宜16穿過進士路往東南走，亦是好路，先是南僑路，終成了新南路，沿著壯圍堤防一直可抵蘭陽溪的出海口，景觀頓時為之開闊，賞鳥的佳點極多，不論是河口三角洲、新南、大錦閘門或是清水閘門。

據說遊客到了宜蘭，特別愛吃東西。有人分析，是宜蘭空氣鮮新，也同時冬天比較濕冷，不多久人就餓了，於是見路邊有蔥油餅，必吃。遊了一陣，見有肉羹，又吃。說到肉羹，最適濕冷旅途，勾了芡的湯，熱呼呼又吃後有飽足感，最受歡迎。油餅與肉羹，吃完，嘴巴不免想喝東西，老饕謂，這時最好的飲料是「橘之鄉」（宜蘭市梅洲二路33號）的熱金橘茶，解膩又養喉。

在宜蘭的道路驅車，能看到的事物，居然最多。尤其居民的房舍建築與社區佈局很容易隨時收於眼底。有些老村落，屋舍看似陳舊，然生活條件未必退落。有些田中央倉促蓋起的別墅，看似光鮮，又外型堅固，然近處水流貼近，看來不足以稱百年大計，亦未必獲取生活便利條件。又河道旁的堤防，近年打理得極美麗，是慢跑者的極大福音。橋梁亦是宜蘭傲人的資產，開車要過的橋，在宜蘭特別有感覺；可以說你跨的橋愈多，你愈深入探索宜蘭水流經過的區域。而宜蘭的許多美景與拚搏，是諸多的水所沖刷出來的。

宜蘭既有如此連綿的高山，又有不斷流溢出來的水，可知平原上土地的使用永遠有其限度。這種先天的限度，定調了宜蘭今日的美好格局，樓不太高，建築物不甚多，人口亦不稠密；倒是橋很多，並且道路亦不少。正為了它的道路如此密佈，有的還如此狹小，同時又並不太多車輛使用，我正巧幸運的很可徜徉其上，遨遊其上而樂無窮也。

丙、宜蘭賞鳥

我常開玩笑說：宜蘭有三美，雨鄉，水鄉，鳥地方。

這三種情態，我皆視為美。雨，受制於地球，如今少了。水，宜蘭一直很富蘊，但隨著社會進展，會逐漸切割裁整，或化零為整；甚或改東向西、截彎取直、挖渠堆堤，也早與昔年的網紋綿織形影不同矣。更別說建屋者與水爭地，遲早會使宜蘭水鄉變成大夥日後緬懷的記憶。至於「鳥地方」，指的是好鳥來棲的幽美所在。鳥，是很細膩纖弱的動物，隨時更換停點與覓食處，但凡一個地方愈富天然之利，愈令鳥類多所來棲。正因為宜蘭多水且散佈均勻，流經的各類生態範圍最全面（自高山至河谷，再至平原、樹叢、田疇、河岸，更有沙洲、泥灘，最後來至出海口……），是鳥類心中最感到全備又豐富的生活空間，來抵此，牠們的心最篤定也。

蘭陽平原，單單留鳥便極豐富。像鷺類，如牛背鷺、夜鷺、栗小鷺、小白鷺等。麻雀、白頭翁、綠繡眼當然不在話下。棕背伯勞、珠頸斑鳩、大卷尾、棕沙燕、小雨燕、洋燕也皆常見。

尋常農家或小學生，一輩子眼裏看過太多的鳥種，根本不當一回事。後來賞鳥的知識豐富了，才知道出海口的「群鳥狂舞」是一種大型交響樂式的壯麗場面。

出海口主要充滿了候鳥。包含了鷺科、雁鴨科、鷗科、鷸鴴科等。牠們的覓食，最喜這種鹹淡水間雜、而沙與泥交混、海灘樹與草纏繞的荒遼場域。而此種境地，最是人類不易利用的某種大自然。它只適宜觀賞，這恰好道出了宜蘭的佳處。

丁、宜蘭一日遊程舉隅

人人皆道宜蘭好玩。然究竟宜蘭該怎麼玩？又玩些什麼？卻是很不容易回答的一個問題。

以下的遊法，不妨定在某幾個基礎下：第一要開車，第二最好是選冬天，至於第三，是權且先不去那些「重點景區」如「傳藝中心」、「冬山河親水公園」、「蘭陽博物館」、「礁溪溫泉」、「五峰旗瀑布」等主題極明確而進入的時間又不短的地方。再就是第四，先也不考慮「福山植物園」、太平山林場、南澳深入溯溪等需費不只一天的遠程之旅。

總而言之，只去最輕閒簡易的城鄉村莊並大抵皆在蘭陽平原這片身邊土地上又最富宜蘭風情的一些區塊。

一早出發，在北宜高速高路一出隧道的第一個交流道出來。先至礁溪路上的「清珍早點店」略進早點，乃這裏開得最早，既有豆漿，又有蔥烤餅吃，最能殺殺宜蘭冬日的濕寒之氣。

北行，先至頭城老街。看盧宅，主要看宅前的水塘，實是百年前河道密佈年代的登岸碼頭。延著老街（和平街，可說是開蘭第一街）稍走，尤其向北過了廟，便來到一座小小拱橋，稱「頭圍橋」。這橋今日不怎麼樣，然你佇足於此，看橋下流水，再向西遠眺青山，這款風景，在五、六十年前

頭圍橋側面

頭圍橋正面

附近房子猶很矮平稀疏時，是何等之美。尤以月光之夜，你自外地（如台北、如瑞芳）乘火車回來，經過這兒，將進家門，四地一片寂寂，這種安詳家園，怎不教人眷愛。

再向東，去「大坑」。

這村莊如今幾無平房瓦屋，然大坑路到底，已近海邊，人一抵此，則龜山島赫然現於眼前。而海面有一波一波的白浪，往往八、九個衝浪客會成為你攝影的前景。

向南不遠去「頂埔」。頂埔有火車站，近處有三合院大宅，頗像個微有經營的鎮街，原是個好地方，重要的幹

自大坑望海所見的龜山島

道青雲路這麼穿過去，令它顯得有點喘不過氣來。

向南去下埔與中崙。下埔這村莊很悠然，稍往東，水塘極清透，空氣極新鮮，視野極寬潤，是典型的遊看蘭陽平原、賞水鳥拍照片的絕好地方。

下埔

中崙

武暖石板橋

設法進到一九一線公路，亦是由北向南的幹道，若不想取東面的濱海公路（台2線），也不想取西面的台9線，則191號線是相當不錯的觀景公路。

191向南遇宜6，左轉，先向東遊一下茅埔村。遊完，再向西遊一下踏踏村。這些皆是平沙落雁式泛看蘭陽平遠風景的極佳理想之鄉村公路（我更愛用英文的country road來稱呼）。在這裏，地上物之受你注意者，往往是造型奇特、色彩妍炫的別墅或民宿。

191碰上了宜8線，向西，可去四城車站南面的「武暖石板橋」。清朝時由礁溪至宜蘭必須得跨過這座小小石板橋，值得一看，主要近處風景亦不俗。

向西跨過鐵路與台9線，去看「吳沙紀念館」。主要是看這個吳沙後人群居的老聚落，例如它的入口處門牆、它的內院廣場。

這時，可以考慮吃午飯了。最好是進宜蘭市找東西吃。若在中山路見空的停車格，可速停入，下車步行尋吃。肉羹是宜蘭名物，不妨吃一碗。通常舊城北路的「北門蒜味肉羹」會大排長龍，不妨向南多走個三分鐘，去西後街的「第一肉羹」，這裏又好吃又沒有人潮。內行的會吃完肉羹就走，再去

吳沙紀念館

「北館市場」內的「一香」吃麻醬麵。更內行的會再去泰山路25之1號的「正好小籠包」吃小籠包。如此一頓午飯考察了三樣小吃。然去「正好」最好早一些，如十一點，才可避開人潮。對面是光復國小，亦是市內一處好景致。學校對面有路，稱「負郭路」，名字特別，教人很想進去逛看。

吃完午飯有杯咖啡，原本最好，但為了省時間，我常在神農路的「神農甘蔗汁」喝一杯現榨的甘蔗汁，便算是很美的飯後甜飲了。神農路向南，三分鐘後便是進士路，過進士橋，東彎，就來到陳姓宗祠「鑑湖堂」，古蹟也。

進士路不久成了惠民路，即宜17，遇上了宜61（即深洲路）向南轉，然後會跨越葫蘆堵大橋去三星或羅東。宜17與

第一肉羹

「深溝銀座」一角

宜61我走過無數次，卻從來不知道附近的幾處有趣之點，直到參觀了賴青松推動的「穀東俱樂部」，才算是一窺深溝村的堂奧，像尚深路上的「貓小姐食堂」、「小間書菜」、「農夫食堂」（這三連璧當地人戲稱「深溝銀座」）。

此地稍北，是「三鬮二」，可看「林朝英故居」。宜六一過了大洲，可去看「安農溪分洪堰」。再取宜26號過北成橋，

再穿過羅東鎮至五結鄉的「利澤簡」老街，於夕陽時分徜徉這個最樸素又最安靜的宜蘭式水鄉邊的老村鎮，過一會兒便可走國道五號返回了。

三、宜蘭的水流

造成宜蘭今日土地景貌的最重要因由，是宜蘭的河川流渠。

宜蘭的諸多河川與湧泉，密密佈撒，形構出宜蘭這一大片眾多百姓或傍水而居或倚水而耕或擋水而棲的自然與人文融而為一的眼前生態。

宜蘭多水。故而宜蘭諸多事務，幾可稱即是水的事務。便因水多，或曰沖積面積太廣，或甚而曰水資源太也豐富，造成宜蘭的太多事體皆必須顧慮到水。而蘭陽平原的平均海拔極為低平，兼且

河流的走勢並不迴轉曲折，亦非一股綿綿獨行始終單徑到底，顯不出河水在陸地盡量延緩入海的局勢，一如舉世太多大河之情況，或許也造成它的堆疊土泥砂塊的情況不夠，於是地面一逕太平廣，有那麼一絲是「各條溪流河川的沖刷經過之大沙洲」的味況。

今日它又不是「水鄉」式那種縱一葦之舟而遨遊湖海的中國大陸江南那種生態。乃它的高山與海岸的距離過近，河川溪流的沖刷堪稱湍急，並不呈現水澤大規模靜止如鏡的情況，故而亦不見如江南式的小橋流水人家、處處港橋處處碼頭、人離岸登舟纔而離舟再登岸等等的那種水鄉人家旖旎情韻。

便因流水的無所不在，於乾硬土地上建屋而居的面積，委實有限，這造成宜蘭先天上是種植作物

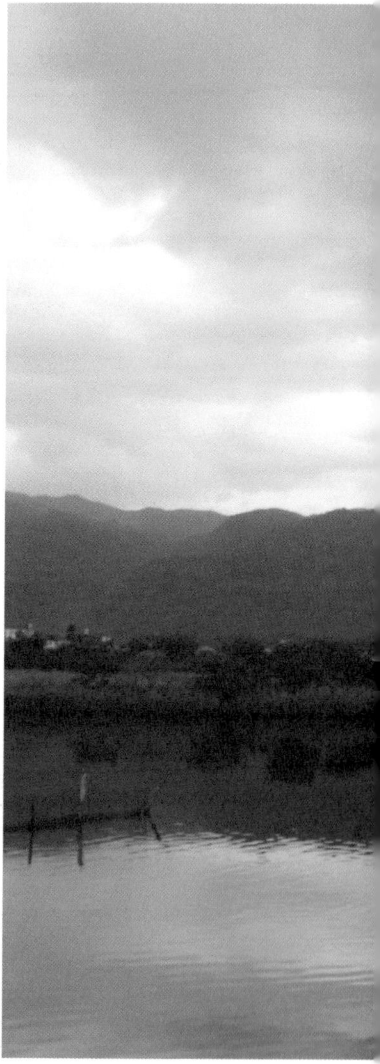

的土地廣闊而紮建民房聚落的土地疏少之情態（豈不聞清季通判董正官〈餘埔〉詩句「浮埔經秋佃變漁」乎？）水多土少，亦是「鄉下」一義一逕得以維繫的極重要因由。甚至早年此種水面近距離討生活之先天情勢，會不會發展出如中國西南式的「蛋民」或水上人家的生活型態？根據學者詹素娟〈宜蘭河與原住民——從水系看噶瑪蘭人的村落與文化〉的研究，居然還真是如此，她謂：在清季移入前，噶瑪蘭人早知擇二圍港、奇武蘭港、辛仔罕港、抵美福港等由湧泉匯聚而成的「港」（溪流）而居。而《噶瑪蘭廳志》謂：「其房屋，則以大木鑿空倒覆為蓋，上下貼茅，撐以竹木，兩旁皆通小戶。」馬偕牧師宣教，也發現噶瑪蘭人的干欄式房屋，「高離地面的地板，比現在該平原中隨處可見漢人住宅的潮濕泥地，要衛生得多。」（馬偕《台灣六記》）其實蕭竹友〈蘭中蕃俗〉詩早有「依山茅蓋屋，近水竹為寮」。柯培元〈生番歌〉亦說了：「蕉葉為廬竹為壁，松皮作瓦樱作椽。」今日五結鄉老人活動中心附近的流流社遺址，有一幢竹編的「噶瑪蘭古厝」，其坐臥空間便有懸高離水之意也。

最主要的河，是蘭陽溪，清季原稱濁水溪。宜蘭河，早年其上游與蘭陽溪同源，清季稱西勢大溪。陳淑均的《噶瑪蘭廳志》謂：「界

金同春圳

外玉山腳發源，出大叭哩沙喃口，至內崩山與東勢之濁水分支，由大三鬮、胡鰍斗、金包股、六七結，繞過三結，東轉至下渡頭淺澳束成港道，北匯烏石港入海。」

蘭陽平原，倘人站在三星，望向海洋，則左面的頭城、與右面的蘇澳，合成一個近似等邊的三角形。每一邊，各長約30公里。倘背山面海來看，則左手邊的烏石港，算是西港，右手邊的加禮遠港，算是東港。當然百年前注入烏石港的宜蘭河無怪乎要稱西勢大溪了。楊廷理〈羅東道中〉詩「地判東西勢，溪通清濁流」之謂也。

事實上，楊廷理對於蘭陽平原由濁水溪形成的東西（溪南、溪北）形勢，很愛頻頻入詩，這是對地理、地形、地質、地文之深刻著意後不自禁之流露，委實耐人尋味。像他說「兩港平鋪海若寬」「溪飄雙帶濁兼清」（〈重定噶瑪蘭全圖〉），說「溪迴故道分清濁」，自注：「己巳六月颶暴後，濁水溪正流北徙，與清水溪合流。居民以清濁不分苦之，今風雨後，仍循故道。」

他的〈七月十五夜對月述懷〉有句「輪轅異地難同轍，清濁崇朝也判流」。〈漫興〉詩有「清濁分支派，民蕃化傲頑」。又有「溪分清濁占全局，化格民蕃各就班。」

以這些詩句揣度，清濁之分，「清」指的是北行的宜蘭河（西勢大溪），它所走的路徑明確順暢，不至成患。「濁」指的是南行的蘭陽溪，往北面襲奪了宜蘭的細徑而濁化了水道，這便是患也。故而清濁能分，代表天下太平，代表水勢之穩定也。

便是在這片平原上，充滿了水流，也充滿了人與水相處的宜蘭文化。你今天要在這裏買地、在這裏建屋、在這裏賞鳥、在這裏遊覽、在這裏買菜、在這裏住民宿，皆與水流有關。

蘭陽溪在較為上游，如牛鬥附近，莽莽蒼蒼，簡直是一大片砂石之灘，而要到了後段比較收窄的河道上才見出「溪流」的風味。亦即，太多宜蘭的大河往往造就一種沙洲的景意；反而是「圳」或「排水」才竟得有「河」的情韻。冬山河在「流流社」遺址近處的舊河道，有草叢、有水流、有渡頭、有小舟（鴨母船）等這諸多的景致方是我心中「河流」的當是之容貌啊。

至於蘭陽溪上游看似無水，卻在下游才見得出河，莫非是水先滲入了地底繼而在後段以「伏流」湧現了出來，似乎宜蘭地質確有如此。倘真如此，這豈不是天然的「坎兒井」嗎？新疆缺水，需以人力鑿出坎兒井；宜蘭何幸，天成一條條不絕如縷的坎兒井！

今天，這大片沙洲般的蘭陽平原，充滿了橋梁（乃要不斷的跨過溪河），充滿了堤防（乃要隔阻水勢跳竄至別位），充滿了平而低淺的地勢，這像是所有河水搬運的沙與泥石永遠在平攤均放於這大片洲面上，直至海洋。而為了塑固、圈定它流走形狀的不至太奔騰狂野，遂弄出這些個一條又一條如圍牆一樣的堤防。莫非這只是唯一之途？

不能令這些搬沙運土的大河小河在走勢上設法游滑成一些曲迴的線徑而使他們年深月久攜帶的沙石逐漸堆沉在某些錯落相間的位置上以成小崙、小坡、甚至小山乎？

顯然，這已是人與天爭的工程了。

倘人不與天爭，只一心順著水意；水矢意要走之路徑，敬而遠之，只揀剩下的些許土地，湊和著過日子，是否也可以呢？

四、宜蘭的房子

在宜蘭鄉野四處驅車，最容易映入眼簾的，是此一座彼一座看似孤立的獨幢樓房。這種樓房，多不勝數，建在田野中間，每隔幾十公尺的安上一座，一座之後又有一座，幾乎將蘭陽平原這麼大的一片平曠空白，遲早要填滿似的。它們的外貌，頗有一種呈現別墅之意指。然在法規上，它們被稱為農舍。這類樓房，常建成二樓或三樓（近日三樓更多些），尖屋頂（以別於三、四十年前台灣人好把樓舍蓋成平頂），且不是單式尖頂（往往東面一尖角、南面再一尖角）以求變化。且牆面有顏色（以別於早年的過於素單的平房之紅磚本色或樓房的洗石子之純灰或粗陋磁磚的光溜溜醜慼之色），往往不只一 tone（如灰的清水混凝土原色配黃褐色霧面磁磚，以成雙 tone），以令房子線條比較立體。有時這些尖頂又帶些洗石子或清水混凝土，再加上窗框格條間採木料，微有前些年宜蘭提倡的「宜蘭厝」建屋觀念。

田疇之上蓋樓房，可說是宜蘭最突出又最普及的通景。

這或道出幾事：一、不只要「與田相守」式的只窩居草房，也要住現代化的樓房。二、宜蘭是自我獨擁的一塊鄉曠地，不同於彼等大都市外圍的衛星城鎮如三重、林口等，故不需再去蓋成過於便宜行事的連排「販厝」。遂致興起了這股「別墅」式之形態。

太多喜歡宜蘭水土的人，往往想要搬到這裏來舒舒服服的生活，於是開始四處去找地，去勘查村莊或農田、或原野。然而何處的地才是我能扎下鋼筋、砌起磚石的屋基呢？是阿蘭城嗎？是大洲嗎？是梅州圍嗎？是萬長春嗎？是柯林湧泉嗎？

抑是梅花湖、是大進村、是珍珠社區、是孝威、是馬賽、猴猴、踏踏、流流、茅埔、或瑪璘呢？

是大福、過嶺、古亭、功勞，抑是廍後？自山腳到海邊，放眼看去，皆是土地。

蘭陽平原廣闊無比，然真要選出一塊你可以安身立命的方寸之地，哇，不容易也！

到了蘭陽溪出海口左近，一望無際，真是心曠神怡，再往原野馳目，很多不知名的鳥禽飛來翔去，很是自由自在。接著有自行車滑行而過，暢快極矣。然後再尋找地面的稍大標的，所謂房屋是也，只見不少剛蓋好與正在蓋的別墅，早已一幢一幢的坐落底定矣。有時朋友帶領進入其中一戶，坐下聊天，真是很舒服，然後聊到颱風，他們謂，風大到玻璃幾乎要折彎了。又道，颱風來的夜晚，你們應該來住上一晚，體會一下宜蘭的奇絕經驗。

甲、民宿，成了鄉下的點景

這些田野中的樓房，有的還貼了招牌，似有營業，靠近一看，竟是民宿。而此種既像別墅、又兼營民宿的建築物，一幢接著一幢，已然是很普遍的宜蘭新風景，當然，在全台灣也逐漸蔚然成風了。

在鄉間四處遊逡，看到了這麼多的樓房，逐而漸之，覺得遊覽宜蘭有一點像是探

看民宿的分佈似的。而民宿之散佈，頗能道出宜蘭鄉野的居住、娛樂、保值與營生之相關情態。

有因下榻民宿而發現景點者，好比說，人住進了宜蘭津梅路的「宜人閣」，自高樓上俯瞰，因此看到了「宜蘭磚窯」這座古蹟。再換個方向，又看到了水流清澈的「金同春圳」與岸邊的洗衣婦女。

多半的人，若不是下榻民宿，不太有機會知悉近處的地理形勢。羅東仁愛社區的「歪仔歪」，你若不是在「三月三」（羅東鎮河濱路226號）、「葛瑞絲」（羅東鎮四維路152巷7號）、「靜園」（羅東鎮河濱路300號）等民宿待過或經過，不見得有機會來到此區。

也有因風景區而發現民宿的情況。不少人為了去「安農溪分洪堰」，在近處逛遊時而發現了「魚雅築」（冬山鄉柯林村光華一路407號）、「不一小棧」（三星鄉大義村大義路43之36號）、「水岸森林會館」（冬山鄉柯林村柯林新路90號）、「陶隱工坊」（三星鄉大隱村三星路一段470巷20弄5號）、「Sunday Home」（三星鄉大隱村大埔路78之6號）。

人因為梅花湖，或許訪得了「湖畔人家」（冬山鄉得安村大埤二路250號）「鹿野星蹤二館」（冬山鄉得安村梅湖路95號）、「檜木屋」（冬山鄉得安村大埤二路223號）。

據說，因為「冬山河親水公園」的人潮，五結鄉開出了多之又多的民宿。無怪我們開車經過所見的招牌，就已經目不暇給矣。尤其民宿的名字，道出了開店者自己於旅遊與玩樂的夢，像「依依不捨」、「戀戀小棧」、「小城故事」、「大姊的家」、「阿嬤的民宿」、「阿宏ㄟ厝」等，再就是像「煙波庭」、「星空下」、「水雲軒」、「輕井澤」、「羅騰堡莊園」等。

到了枕山，原以為民宿能以這座山為賞遊景區或以果園為旅遊重點，然不少民宿仍是以「店內」之享受為主，如「德隆行館」（員山鄉枕山村枕山路161號）、「枕山春海山莊」（枕山村枕山一村13號）、「靚綠」（枕山村枕山路114之18號）、「神

風居」（枕山村枕山路151之2號）、「山野居」（枕山村枕山一村54號）、「古憶庄」（員山鄉頭份村頭份路31號）等。

羅東西郊的北成社區、北投社區，原是羅東鎮上住宅區的延伸，相當好的地理位置，我便因為想探看一眼住宅區，才偶然發現了「水筠間」（冬山鄉水井一路246巷42號）、「桔梗花」（羅東鎮北投街237號）、「靜馨園」（羅東鎮北投街217號）等民宿。

若不是因為偶然機會蒙參訪活動的主辦單位安排下榻在「若輕人文渡假旅館」（五結鄉新店路113號），我不會在散步中發現「流流社」遺址，以及冬山河舊道。這是因下榻民宿而意外尋得了我心中極度嚮往的老年月鄉村景致之珍貴例子。

宜蘭民宿的選址，也呼出了人們能夠找取土地的情況一斑。太多的選址，既不是為了觀海、也不是為了眺山等風景之因素；並且也未必是貼近「傳藝中心」、「冬山河親水公園」等人潮集聚地以求生意興隆，多半是主人自己原有的地或某種淵源買成的地，而後自己蓋成別墅型樓房，既可自住，又有多餘房間順便可營民宿。故而柯林湧泉旁建成的民宿未必是圖吸引觀光客為看湧泉而至此下榻。老實說，湧泉旁建房子，未必是最佳選擇，地基離水太近也。在此蓋屋，或許原本祖屋的地便在此也。也或許，當年因緣際會在此買得一塊便宜地亦是可能。

當然，太多的民宿之開辦，是要使住宿者獲得一種「下榻的舒服享受」。好比說，舒服的房間，雅緻的佈置，美味的料理，甚至，強調富美感的建築設計。便因此念，則地點選於何處，便似乎不重要矣。很多時候，業主為了實踐自己設計的夢，或對於「住得舒服」理念之施展，遂下手蓋成這民宿也。

有的乾脆就取名「設計師的家」（五結鄉孝威村孝威一路138號）。亦有直接把店名就叫「宜蘭厝」（冬山鄉八寶村保修路86號），或「宜蘭厝008號」（三星鄉雙賢村三星路6段716號）顯示對宜蘭厝這種建築觀念之認同。

就像有人問，那麼地勢平曠的壯圍亦有民宿否？答案是，有。像有名的「壯圍張宅」（過嶺村過嶺路1巷36號），像「月兒灣灣」（過嶺村壯濱路三段552號），像「普羅旺斯」（美城村大福路三段53巷9號）。其選址，當然亦不是為風景、為魚塭、為小吃、為人群而已。通常還是因為想自己過一過建築之癮也。

乙、童夢場景之實現地

宜蘭民宿最特殊的，還有一點，便是努力營造成童話景象之童夢境地也。這當然不只是宜蘭百姓獨一的夢，當是多數台灣人皆一逕很想如此。太多的父母帶著小孩去尋住民宿，當然，最好是童話城堡式的民宿。房間，是全家可以扮家家酒、打枕頭戰、躲迷藏那類的童戲式房間。前後院，是全家可以盪鞦韆、溜滑梯、攀繩環、玩水的前後院。色彩越繽紛越好，圖案越富於卡通越好。幾乎有這麼一個說法了：宜蘭是全台最富於親子設施、也最注重親子照料的一個縣。以兒童需要為考量的設施，宜蘭最多。冬山河親水公園、傳統藝術中心、珍珠社區活動中心、冬山風箏館、武荖坑露營烤肉區、蠟藝彩繪館、白米木屐館、橘之鄉蜜餞形象館……太多太多。於是，享受親子遊樂的家庭，據說最喜遊宜蘭，甚至最考慮移居宜蘭。

像「希格瑪花園城堡」（員山鄉深福路236號），有一點王子迎娶公主的那種場景。太多的角度，皆像是為婚紗攝影事先布置好一般。「Jane 橙堡民宿」（五結鄉傳藝路一段425號）外觀顏色鮮艷，黃與粉紅用得很強，進門處的白雪公主與七矮人塑像，道出了它的童話感。「羅東孩子王」（羅東鎮北成路一段298號）則不在外觀上做文章，卻是「每個房間皆有溜滑梯」，是小孩多的家庭最好的遊樂場民宿。

這類與童夢有關的民宿，不知怎的，教人不禁揣想宜蘭的大人竟是如此處處為孩子著想啊。抑或是宜蘭子民對於草萊少闢的古時鄉荒早已吃不消早就想將之改造馴化終只得先製理成「親兒童」之樣貌再說。

有一種可能，農家出身、備嘗田土之苦者尤其盼想一改鄉貌而成為某種自己亦不甚了解卻又富含西洋夢境的那種天堂。只是這天堂，目前僅得弄成這些個版本。

五、純樸的宜蘭人

宜蘭人是土地磨礪出來的人。

土地之粗劣、石礫之覆蓋、水流之游走不定，造成在這樣一片土地上的宜蘭人他的性格。故而宜蘭人的諸多行為皆能見出由土地鑄造出來的痕跡。

好比說，宜蘭人在生活中不好打扮。路上所見行人，甚少麗錦華服者，八九十年代以後，全台灣逐漸曉識西洋名牌，而宜蘭人即使偶於出國購得心愛佳品，卻於坊間市街甚少配戴，一來羞於炫耀賣弄（尤其不忍於鄉親街坊前展露），二來深有節儉之心，往往不捨得穿戴（尤其女兒買贈母親者，母親常以藏納來保存永新）。

又路上所見，髮型與臉孔之妝，亦少見精緻巧細者。甚至不施脂粉、不砌髮型者亦在所多有。據說，較事雕琢的美容院與髮型設計師，在宜蘭各市鎮也少之又少。有人說，手藝高超的香港剪髮師、日本剪髮師，倘在宜蘭落腳，肯定沒啥生意。

其實在道光十七年（一八三七年）通判柯培元編纂的《噶瑪蘭志略》即謂：「婦人出門，荊釵裙布，亦不外假。……雖饒富之家，亦不乘輿。村中十歲以上孩童，常不衣褲；夏入塾，亦不著履；此又不關于貧富矣。」（卷十一風俗志）

孩童不以赤足為羞，村婦甘於粗布，人人以鄉農裝扮現世，這份坦然，自然是生長於土地之人愛土、親土、不嫌土的先天自信。

宜蘭不僅是全台灣市井風習最少籠罩百姓的一

縣，同時也是最晚的。它的城鎮，就像是鄉村的稍稍放大罷了，誠珍貴也。

宜蘭地勢低平，水的分佈極廣，雨又多，是一個稱得上時時跟雨水打交道的「雨鄉」。雨鄉之人便自然而然與「陽光之鄉」的人有些不同；他們即使羨艷陽光人的樂觀與開朗，卻沒法令自己一時三刻便眉開眼笑式的大剌剌暢享人生。故而宜蘭百姓較傾向於反求諸己，比較自省，有時也比較習於認命。

又宜蘭的田土得來不易，既需殷殷照顧又必須時時防災，造就了宜蘭人的「護田心切」鄉土性格。

颱風來時，昏天暗地，雨如傾盆，頓時地上的水一寸一寸積高，不久及踝，不久又及膝，再升高，甚至將近窗頂門楣，田疇一望無際，人人皆收眼底，卻又無可奈何，造成蘭地百姓很有「危機感」。

看慣了這種天災，看透了這種世事無常，宜蘭人中往往不少早培蘊了某種「出世之想」。也於是對於追求榮華富貴，相對的比較不特強求。

付諸流水四字，宜蘭人最能體會。

宜蘭的水，流滌甚清，沖刷得各處皆是明明清清，或也造就了宜蘭人處世的一絲不苟。稱得上「眼裏揉不進砂子」。特別是人與人相往來之中的那份應對，總是眼神很直接的表達出自己的心意。往往是不同意，卻也在第一反應下就透露於面容，絲毫不懂遮掩。可以說，太不世故也。尤其相較於台灣其他人煙稠密、商業繁忙的西海岸縣市之人。太多的人有此觀察，包括宜蘭人自己亦早察見。大夥咸認，宜蘭人太過純了，太天真了，太不通世務了。

再以颱風為例。颱風來時，風大到把玻璃吹成幾乎可見有些彎曲，人完全沒奈何，只能待風勢小了，玻璃才回復至原先之平。這也道出了宜蘭人的性格；宜蘭人偶與別人起了爭論，人若一直論說不停，且聽他講，聽完，等風停了，自己這才發言就好。否則他說吵個不停，像是颳在勢頭上的颱風直灌進你的喉嚨，完全張不了口說話，何必急於回辯？

在宜蘭鄉野或市鎮，有一現象頗值得提。富二代開名車呼嘯而過，以示炫耀，這一類舉動，與台灣其他地區比，宜蘭也甚少。

宜蘭的教化好。自最早的通判楊廷理（一七四七—一八一三）已然，創建「仰山書院」只是其一而已。吳鎔稱許他「獨向閭閻諮疾苦，每於村落任盤桓」。幾乎清朝各任的官皆把宜蘭當作雖僻隅卻佳境的小小洞天福地來惜寶導治，並且留下了感懷不已的詩篇，這是極奇特難能的例子。又道光十年（一八三〇）應聘入蘭任「仰山書院」山長的福建晉江人陳淑均，自一八三一至一八三二編成《噶瑪蘭廳志》初稿，再於道

利澤簡媽祖廟前的十二生肖石雕

光二十年（一八四〇），終將廳志全數完成。被譽為台灣方志中歷來之最佳者。我不斷揣摩研想，只能找出一個理由：宜蘭山海夾拘的苦中挺秀謙沖自立絕景，教外官亦願為之奉獻心力也。昭應宮後殿樓上的三座雕像（楊廷理、翟淦、陳蒸）是宜蘭百姓為了紀念父母官的恩澤而樹立崇祀的。這在其他縣市不多見。此種特有的「宜蘭器宇」，於當代被發作在一個叫陳定南的父母官手筆下，其中最叫宜蘭子弟持續感念的，是他使盡所有力道將「六輕」推出了宜蘭，令十八世紀楊廷理筆下的「六萬生靈、三千田甲」總算保全了下來。

宜蘭的先賢，早年自拓墾伊始，便導教極好。不只為官的如此，為民的亦如此。譬似吳沙，盧世標（懷開

蘭義首吳沙〉詩謂：「施藥傳方蕃感德，出資助墾客知幾，不教草嶺荊榛蔽，從此蘭陽稻黍肥。」故地力雖不如嘉南等地之沃，然民仍安於薄瘠鄉地，未嘗淪於盜劫之流。並且早年一旦委身田耕，便矢志維繫一逕，再無貳志，這便是氣節。《噶馬蘭志略》謂：「蘭人雖貧，男不為奴，女不為婢。」「貧女雖清苦不為婢妾，老婦雖饑寒不為媼保。」

然此氣節，來自何處？竊想宜蘭居山海一角，自成封閉空間，很難假於外求，只能自耕自食，一切依賴腳下所踩之土，有一點與世無爭又有一點世外桃源的味況。一旦水土佳美，父老教化善良，如何不能永世安居？想起清季李望洋的〈宜蘭雜詠八首〉有謂：「誰知海角成源洞，別有桃花不改顏。」又謂「張弓形勢是宜蘭」「生面別開東海角」「天為我蘭開半面」等，直透出宜蘭封閉世外桃源之先天質地。清嘉慶五年（一八〇〇）即遊蘭的福建龍溪堪輿家蕭竹友早說了：「苟有聖賢訓誨，一變民風，孝悌友恭，長幼序而男女別，則耕者讓畔，道不拾遺，守法紀，省日用，粗衣淡飯，蓬戶自安。雖秦之桃源、唐之盤谷，未有加於此也。」（〈甲子蘭記〉）

李望洋是宜蘭人，咸豐九年舉人，同治十三年官甘肅渭源知縣，歷任安化縣，升至河州知州。他在遠地為官，常常思念遠在宜蘭的家，〈感懷〉詩謂：「委身作吏十餘年，一事無成兩鬢箭……每羨蘭陽高隱士，琴棋風月自神仙。」

事實上，宜蘭天災雖多，然雨過天青，大地回春，土地上永遠長滿了作物，幾乎沒有荒年的憂慮。李望洋早謂：「買得米魚歸去後，三餐無餒傲羲皇。」加以水澤豐厚，被稱為「台灣唯一一個沒有水庫卻又不缺水的縣」，《噶馬蘭志略》謂：「土壤肥沃，不糞種，糞則穗重而仆。種植後聽其自生，不事耘鋤，惟享坐獲。加以治埤蓄洩，灌

漑盈疇，每畝常數倍於內地。」宜蘭人的清淡哲學，實也來自水的豐沛不缺。水土既美，何須加糞加料？

宜蘭子弟出外負笈，成長後任職於大都市，若與同事或長官同赴餐館，點菜總是說「什麼都好」，或「簡單些最好」，甚少東挑西挑、呼來喚去、盡找 fancy 菜餚來點的情形，為此有些宜蘭子弟還謙稱「自己實在太土」，顯得難為情，我則認為是宜蘭人最可貴的品質。

你且去看，宜蘭街頭原本不大見陣仗宏大的宴席式餐館，倘再與宜蘭朋友交談，咸謂「少上餐廳」。若不是在家吃飯，便是出外吃吃小吃。雖如此，宜蘭人辦喜事，所請的「辦桌」，是十分出色的。甚至可以說，宜蘭人辦桌的手藝，與用料之實在、價格之農村化（廉宜之極）是全台少有的、碩果僅存式的老年代風味。

倘以民俗學家角度來觀察，若把福建的閩菜，邀請三數位老廚師來宜蘭，共同參詳，對宜蘭最傳統的辦桌菜餚重新細細研訂一、兩式菜譜，每式包含十或十二道菜色，便或許可以上溯千年前宋代河洛菜如《東京夢華錄》流韻之一斑也。

辦桌的菜燒得好，而坊間的大餐館不多，這意味何者？意味實質的東西製作得一絲不苟而花稍之外圍裝飾不注重也。

這便是鄉土氣之最可愛處。

近一、二十年，世風微有變化，商業上的宴請也開始多了，宜蘭的大型酒席餐廳也開了許多，然大部分的人仍

是小吃吃得多，不事追逐大餐館也。

宜蘭的鄉下好，從而發展出貼心的、人溺己溺的「社區營造」。據社會學家觀察，惟有優質的社區營造，才能做到「鄉下人不會厭棄鄉下」的正向思維。其中「長青食堂」之設，菜蔬鮮嫩，米飯飽亮，連遊覽經過的觀光客也羨慕不已。

又吾人在宜蘭各處村莊、社區遊逡，想探看一些古屋老宅之類，結果發現具規模的村宅竟然不多。一來蓋得宏偉高闊的綿延三合院或許原就不多，二來蓋在的基址上不足以久存或什麼的，常至如今留存的總是三、四十年前的改建版，醜不堪言。另外，太多的村莊你驅車繞看，繞了幾圈後，發現竟只有這麼一丁點大，這不啻令人吃驚，

原來宜蘭的人煙聚落竟然只能如此偈小！噫，先民之墾拓何不易也。

原來太多的可以墾出而定形的地，只能是這麼的一小塊一小塊的，於是造成的一樁現象，即：均貧。

請言其詳。

也就是，很難說出哪個村的風水比哪個村的好。大家的風水皆一樣的尋常無奇。甚至大家的村莊皆相似的破落或畸零。

這些風水平凡的村莊，出來的子弟，若是日後獲取功名，是這些子弟自己的努力，非由風水庇蔭也。這也是宜蘭最了不起的地方。

而這些子弟在外獲取了風光，甚至賺了錢，有時猶無法返鄉起造高樓豪宅，為什麼？乃他的村莊土地太過畸零、地質太過不穩固，連像樣的豪宅也不適扎根也。

只好在另外的土地上去找。然太多村莊皆有類似問題，最後只好弄到蓋在「田中央」。君不見，宜蘭恁多的建在田裏的別墅便是如此出現的。

各村莊的土地先天既有如此侷限，令宜蘭一、兩百年來得有一襲「均貧」的美好氣氛。

貧者照樣溫飽，亦照樣挺胸做人。富者亦照樣不至放肆豪奢、錦衣玉食、昂首傲人。

在外飛黃騰達之士，既未必返鄉起建豪宅，又未必享受名貴跑車，甚至吃食也喜粗茶淡飯，說什麼幾片白切三層肉、煎一尾肉鯽魚、兩碟青菜蘿蔔或豆腐，便最滿足矣。又加宜蘭原本無啥夜生活，故而太多殷實人家，其娛樂不過是夕陽時分出外散步，見田間鷺鷥振翅飛翔，腳下溪水淙淙而流，逝者如斯夫，不捨晝夜，再抬頭，遠山烘托著將要沉入的日頭，這份美，雖每日見之，亦足撼人，於是心中恆常不自禁浮出一股清曠的懷抱，而此時他人生之美學已隱隱締造矣。

這樣的人，哪怕自己的財富漸有積累，從來不懂亦不念及揮霍與享樂，最後常有將之捐贈出來之舉動。這在宜蘭，據說頗不少。老年代農家所存的少少餘錢，以之捐出建廟者多有所聞，後來如羅東聖母醫院等，更是宜蘭知識份子默默捐款盼可暗助家鄉父老得獲妥善醫療之對象。

羅東聖母醫院，據說已成了宜蘭人心靈的另一片信仰中心，是太多宜蘭人（以及其他台灣各地）將愛默默祝禱出去的近似無形的「傳輸點」。宜蘭人不善表達，也惟有藉默默捐錢之行為表達了他胸中木訥的善與愛。

你若讚他有崇高的情操，他往往謙稱說這就是在這片沙礦土地、沖刷流水的天地之間，一個人能做的原本之事罷了。

故我說，宜蘭土地造就宜蘭百姓。土地越瘠越澀，則人越純越樸，這真是今日無懷氏葛天氏之鄉也。

1952 年之聖母醫院。（羅東聖母醫院提供）

六、高山密林的遊賞美學

我自小很嚮往在大片的樹林裏遊走。一株一株的樹幹，層層疊疊的向無盡處延伸，樹與樹之間的空隙，每一處皆那麼可愛，人可以在這塊站一站，再移動幾步往那塊站一站。然更好的，是可以一直在這些樹群中散步。每一根樹樁，是大自然的柱子，有這些粗大柱子支撐天地，其上的高處又有樹葉為頂，此種空間，幾已是蒼穹下的室內，又無處不是最宜遊憩的人間院子。

當然，這樣的大片大片成形的樹林，在台灣似乎不多見。然而台灣古來便是以高山森林聞名，且看阿里山的森林早存留我們心中。宜蘭的太平山自然也是。四十多年前，我即聽同學說起，一直想去一攀爬，不想時光飛馳，直到最近方得親身登臨。

進入太平山的林場，突的察覺，這與我心中的平原曠地上的森林實是完全不同的景意。先說一例，北京首都機場出來，附近即見人工栽植的綠化林，當是北方常見的楊樹，八年十年下來，這些樹林看在我們坐在公路上汽車的遊客眼中，已覺得倘車陣

實在堵塞得一步也走不動時而大夥必須下車來走，在這片林子裏倒是很可以徜徉個三兩公里的途程或是個把小時的歇停。乃這樹林已很高聳、寬闊，進入其中，已全然是另一境地，與幾十公尺外的高速公路，竟可完全不相干矣。至若說到北歐的樺木林、美國加州的紅檜林那些平曠式樹林，更是與太平山森林的意趣迥然不同也。

愛樹的人，總希望在眾樹環繞的境域裏巡遊。我亦愛樹，很珍惜各處有樹角落的趣美。及至來抵了太平山，滿滿的樹疊置在密密的山上，雖然一眼看不遠透，幾步走不出太寬廣的空地，然仍是大樹、高樹、美樹的佳良天堂。我做為懶散的平地移動之人，難道不能揣摩那些在大小興安嶺深山老林的赫哲族、鄂倫春族他們賴以生活的神聖又豐沛的寶貝無盡天地嗎？

太平山林場，不能不提它的主要樹種，扁柏與紅檜。這兩款幾乎可以代表台灣所產良木的樹種，是太平山觀光客眼中的主角，可以說遊覽太平山絕不能錯過眺看參天巨大的扁柏與紅檜。除了知悉它們的經濟價值與百年來在日本人多處建築中之高度利用外，單單在林中觀賞它們的形狀，亦教人嘆天工造物之奇。有不少樹姿（尤以翠峰湖一帶）像極了郭熙《早春圖》之所繪，更別說棲蘭的那一片神木群了。

許多初遊者，一路上檜木檜木的繫於心上，突然想起了日文hinoki，不禁開口道：「這就是hinoki呵？」使得帶隊的解說員特別為此做了一次很透徹的分析。他謂，hinoki雖習稱檜木，其實正是扁柏，而不是紅檜。扁柏皮厚，紅檜皮薄。扁柏樹枝較垂下，紅檜樹枝則上揚。再就是，扁柏的樹葉較圓拙，而紅檜的樹葉較細長。

翠峰湖

這麼深邃茂密的高處森林，它的遊法亦不免是高深的。怎麼說呢？你幾乎無法以平視的眼、泛泛覽出的尋常景深習尚來審美。

因為它太緊緻了，太密貼了，我們平常要求的美感，如山的形廓、樹的掩映、雲的捲堆、橋的弧曲，以及左右的相間、前後的距離等等令我們眼神愉悅的景狀與審美方式，在此全不適用矣。

然而進入這深山的林海裏，它有著另外一層的享受，不知怎麼描述，姑且稱之為「探索」。

乃你進入森林裏，不用多久，先是眼睛、皮膚、口鼻感到從未有過的清新，接著你即很自然的將整個人投身在這個沐浴裏。

由於大多人是沿著步道而行，步道的單線式途程，令兩旁的景物成為遊客最貼近的探索點。一下子你注意到了台灣的高山杜鵑，竟然可以如此的鮮艷卻又如此高逸，並且如此老、如此巨大。再一下子你注意到了山壁與地面的苔蘚，是那麼立體、那麼蓬鬆毛茸、又那麼鮮翠多層次，簡直是大自然鋪上最美的地毯，更別說它的承水、分水、化水、勻水、濾水、透析水等等的水土保持功能。

至若那些在深綠世界裏此一朵彼一撮浮現的異色小花，像紫色的台灣堇菜、倒地蜈蚣、琉璃草，那麼的纖細妍巧，卻你仍然會看見它。再像黃色的黃鵪菜、裂葉月見草、黃菀、俄氏草，其黃色的鮮油光亮，人也不可能錯過。更別說那些球形的果實如台灣羊桃（屬於獼猴桃科，頗類奇異果）、刺茄、玉山假沙梨、牛奶榕等，更容易令動物先天上有找尋果實習慣的我們，一眼便瞧見。

此種在森林中的「尋見」，不同於賞景，是我所謂的探索。而森林賦予的探索，是無盡的，是次次不同的；有時你去過某條步道好幾次了，許多黃花、紫花皆早見過了，可你仍有太多的新事物可看、可初次新識，或你還不急著低頭去鑽研它，乃你可能抬頭看見獼猴的蹤影，聽見山羌的窸窣聲，以及太多的隨時出現的鳥類，牠們在這個舞台上此一時彼一時的登場，而你只是參與其中看戲罷了。這幕戲是馬拉松，永遠也演不完，你看多少是多少。

也於是你這一次遊過，下次還要再遊。至於你看到何種風景，到山下與人說起，竟說不出什麼來。

這是很奇妙的經驗；你可以一直遊，獲得不少感受，卻難以明白訴說。

主要它的細節，縱來橫去構成它的概貌。不同於山框水線式的吾人傳統所謂風景構成之概貌。

也於是在高山密林中的覽遊，不是看風景了，而是看察觸接知識了。人變得無法用「全景鏡頭」矣，只能一個特寫鏡頭接一個特寫鏡頭的看下去。這樣的觀望經驗，我不算很習慣；乃我一向很習於泛觀，遠遠的初略收進眼廓一個概樣即可。然近年來，我逐漸可以欣賞這

種遊法了，尤其是沿著步道緩緩往前走，輕聲的呼吸著，偶也喘上幾口，看著你會注意或未必注意的周遭景物，有些你已學會識別，有些你不忙著認識，空氣中有的與聲音中有的，全都給到了你，但你亦不用就怎麼必須收接它。然後五分鐘過去了，十分鐘過去了；然後三百公尺過去了，五百公尺過去了；兩或三小時後，一段步程完成了。而竟然十分教你平靜，也教你身心舒暢。但你回想，似乎途中並沒出現什麼高昂激奮的時刻，卻依然心曠神怡。

循線而行的遊法，很適合聽從步道講解員的解說。他們開啟了另一種貼近森林的好方法，將我們原本陌生與格格不入的觀念經由諸多的自然界知識而逐漸把周遭的冷、濕、陰暗、危險等一層層化開了，令身邊無一物不呈現友善與可親的關係。森林講解員的工作，有時教人羨慕；你看，在一段約兩小時的步行中，將途中所遇的植物、聲音，地上的起伏，遠山的距離，不時的木橋等等皆能隨意道出它們在此處存在的因由，而往往此等因由總伴隨著一兩式可能構成比喻的趣談或笑話。不管是解說者抑是聽取者皆不自禁期待這類笑話的出現。

一天中倘上午下午各有一趟步道之旅，不至太累，而晚飯時歇腳於山莊，會是卸下一身微疲的那股鬆閒，這是最寶貴的時分。這當兒，幾個山友可以好好吃飯，喝上兩杯，聊聊山上的見聞，何等愉悅！

太平山的山莊，亦是極好的渡假所在。然人不宜只是全天待在山莊裏，還是白天儘量選取步道去遊去探，方能在一日將盡時感到飯菜是那麼香、山友們皆回巢了是那麼聚眾溫暖、而不久以後的床鋪是多麼讓人抗拒不了的想一頭倒下去呼呼大睡。

七、宜蘭的吃

甲、宜蘭小吃之出色

我常說，各鄉鎮要比較小吃的高下，則至少十來種項目要攤開來，看看誰強誰弱。在這個計較下，我認為宜蘭，稱得上是個小吃頗強的縣份。

像肉羹，太多市鎮早已不聞有哪家是有名的，甚至根本就不大有人做了，這是很明顯的。舉例而言，像我是台北人，已有太多太多年沒在台北聽人說「走，我們去哪裏哪裏吃碗肉羹吧」這樣的話。可見肉羹，台北不是強項。

而宜蘭，是全台灣肉羹最強項最頂尖的一縣，不但外

下鍋前的肉羹

地遊客到了宜蘭要急著品嘗，本地人平日原就時常在吃。肉羹名店，各家爭鳴，如宜蘭市的北門蒜味肉羹，礁溪的鍾氏肉羹，羅東的林場肉羹與「肉羹番」，甚至三星鄉的大洲肉羹，太多太多。並且，宜蘭的肉羹店是大生意，門前排隊，已是常態。

再說吃麵。宜蘭亦是麵店廣佈、吃麵人口眾多的縣份。尤其是外省式的白麵（而非油麵），宜蘭大多製成麻醬麵或蔥油拌麵這種乾麵。此種小麵攤隨處有、人人不時坐下吃麵、吃完就走的輕捷吃點心方式，你且去看，哪一個縣市有此規模？此種麵店，如宜蘭北館市場內的「一香」麵店，神農路的「火生」麵店，新民路的「大麵章」，頭城青雲路的「麻醬麵蛤蜊湯」，冬山鄉廣興路的「嗄咕麵」，太多太多，並且也都排隊，可見受歡迎的程度。

再說炸物。許多市鎮也早已不聞「龍鳳腿」這種小吃，宜蘭仍有好幾個名攤，像羅東的「阿公仔龍鳳腿、春捲」（民生路、興東路口），像礁溪的「春捲伯」蕃薯籤裹粉炸蝦（龍潭村育龍路），更別說肉羹番的肉捲之馳名遐邇了。有人說宜蘭多雨又潮濕，尤其是冬天，非常教人想吃炸的食物，的確。

再說鵝肉與鴨肉。宜蘭一向是養鴨養鵝的一處佳地，主要是宜蘭河灘、水渠、塘埤極多，加以沙礫地又廣佈，於鵝鴨排泄物之清潔與過濾比較容易做到位。名店如羅東的「鴨肉送」（中山西街），如宜蘭的「順順鵝肉大王」（小東路）等，皆人氣極旺。順便一提，順順除了鵝肉好，蚵仔煎也煎得好，並且它的粿條，是那種「米感」很足、不像坊間喜摻粉弄成QQ的所可比擬。

另外宜蘭有將鴨子飼養得很好而以之製成所謂「櫻桃鴨」這種優質食材而販售給太多餐飲業界，已然相當享譽美食群落呢。

甜品，在宜蘭也很豐美。像粉圓，我個人吃得極少，然宜蘭市城隍街那家老字號「白粉圓」，活脫是五、六十年前家庭手工篩出來的那種樸質無華，連我也能吃上一碗，吃慣了花稍加料的Q極粉圓的吃客，不妨嘗一下比比看。

其實最好的粉圓，常是某些餐廳或民宿在供完主餐後特別做出一鍋來讓客人爽爽口腔者。有一次在「呈獻」（宜蘭市東港路六之66號）吃完了海鮮料理，店家端出一鍋熱騰騰的粉圓湯，大夥一嘗，咸謂是歷年在宜蘭（或全島）吃過最好的粉圓湯。

像愛玉，這種手搓出漿的台灣特有甜品，宜蘭也有排隊名店，便是「十六崁檸檬愛玉」（宜蘭市中山路）。

再像甘蔗汁，宜蘭也不會缺席，要有那種現榨、百分之百原汁、在你眼前榨出的店舖，果然，這店開在宜蘭市神農路二段，就叫「神農燒烤甘蔗店」。

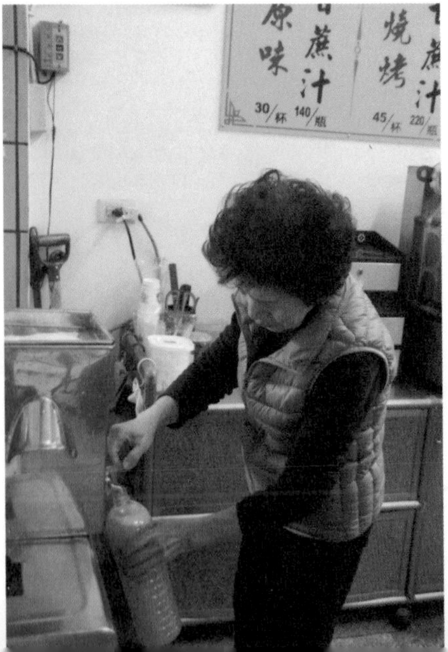

若說糕餅，老店顯然不少，然我知一家，在羅東，叫李阿叉（中山西街），是最樸素、不添加人工奶香味（這在全台灣大夥動不動就加這加那下，是很珍貴的品質），連我不怎麼吃糕餅的，亦能偶嘗。

至於鹹的粿，有一家「廣興做粿」（冬山鄉廣興路），他的九層炊，據說今時已少人製，他仍製得極有舊時風範，另外芋粿巧更是人人狂讚之物。

再說包子。他們說包子、小籠包、乾烙韭菜盒子這類東西，最強是台北。固然不錯。然而其他太多市鎮的包子風景，我覺得有不少虛張聲勢者，反倒不

如宜蘭的一些包子店來得更中肯些。宜蘭的「正好」小籠包（泰山路）、羅東的「正常」小籠包（南門路），以及不少中式早點店所製的煎包、鍋貼等，皆甚有可取。

再說炭爐烤燒餅。這是宜蘭應當最可傲人的偉大手工業，亦稱得上外省食物之最後存續地。至少有二家，一是宜蘭市復興路的「老吳」，一是羅東南門路的「羅東炭烤燒餅店」。最精彩的是小的鹹酥餅，即傳統所謂「黃橋燒餅」者，前者售10元，後者售12元，此種伸手入炭火熊熊的爐筒內貼壁去烤，不啻是苦差事，但絕不會沒有知音。憑什麼那麼多的縣市連一家炭烤的燒餅舖子也無、而偏偏就宜蘭有？好問

老吳炭烤燒餅

題，我也在探索原因：有一個可能是，宜蘭原本僻處深鄉，人一逕守著「不求聞達」的默默本業，行之愈久，逐漸形成一種執著，便是這股執著，散花成宜蘭美好的小吃。

老吳炭烤燒餅

乙、蔬菜是宜蘭一景

昔時有所謂「蘭陽八景」，備言清末宜蘭的自然風光。今天的宜蘭，又多了不少新風景，其中「蔬菜」，稱得上一椿美妙風景。

外地遊客，經過了某些個安靜極矣的老街轉角，像利澤簡之類的，見兩三攤擺在地上的菜攤，只賣六、七種品類，每一類只少少兩三個或四五把，紮得乾乾淨淨，擱放得清爽有致。一、兩根絲瓜，三顆大頭菜（苤藍），幾把水蓮，幾把青蔥與細韭菜，

可能還有幾條帶著土的番薯，就這麼賣。下午靜悄悄的，不怎麼有遊人，也不怎麼有本地人，然而這地上的兩小攤菜，與攤後的老嫗，多好的風景！

鄉間的樹下，也有這種菜攤，孤零零的，卻是好景。

羅東公園早上，吃完了米苔目，路邊有賣番茄的，攤在地上，只此一款，形狀歪歪扭扭，一看就是農家自有物，卻實是佳品，一口氣買了八、

九個，返家後生吃也煮食，好吃極了。宜蘭縣產一種舊年月即有的老種番茄，個頭大大的，橢圓形，在蒂頭處收束成豬腰之形，也似西洋所謂的 heirloom 番茄，屁股上偶有一撮「筆山」型的突起物，這種番茄，在台灣諸類番茄（黑柿仔、牛番茄）中，味最佳，也最適合燒菜。主要它含蘊的「茄沙」很豐厚。這種茄沙，隨著五天七天的熟化過程，會愈發形構堆積，造成它的味道是所謂番茄應該是的味道。

這種番茄在哪兒買？好問題。可以在各處市場市集去觀看。絕不只是產「溫泉番茄」的礁溪而已。在頭城、宜蘭、三星、員山、五結、冬山、羅東皆有可能。

另外，五十年前我們習見的老品種老模樣絲瓜，像米斗瓜、肚臍瓜、白花瓜等，宜蘭也買得到。只不過要跑得深入些、跑得勤快些。我曾在兩三處路邊看過，也偶買過，確實很好。但應當有更容易取得、更常態販售的店舖或菜農，只是我猶未將之找出來。

蔥，亦是宜蘭的佳物。選蔥，據云也要勤看勤比，不可以為只挑三星蔥就搞定了。內行的，在頭城買，在壯圍買，在員山買，皆有教人滿意的蔥。主要是，你要有心，有心便能選到優良食材。

大型傳統市場外圍的馬路旁，亦有後起的個體戶將自家所種之物臨時擺地上販賣。那種愛菜如癡之人可在眾攤比較之後，決定最感滿意之賣相。

有人搬至宜蘭，說及最高樂趣便是買菜。

以幅員言，宜蘭是小縣；然在蔬菜的質地與呈現言，宜蘭是大縣。倘有人想在宜蘭做「優質蔬菜宅配」的事業，絕對極有可為。

更別提無數家庭門前常有街坊或親戚送來自種的蔬果，紅紅綠綠，放在門口，無聲無息的，不知何時送來，亦未必知道何人送來，亦無紙條留言，此種鄉風，真是葛天氏無懷氏之世也。

不少宜蘭人自豪的說，他們不用買中南部大批量銷來的蔬菜。買的，皆是栽種於宜蘭土地上的小農家的、來源可尋的、菜田可見的、甚至何村何鄉何家說得出地名人名的。

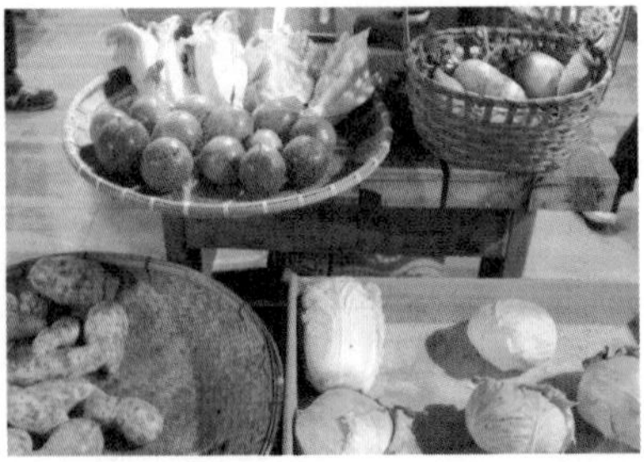

小片小片的菜畦，零零星星的出現在道路旁、人家的門前、河道的轉折處、堤防缺口的空曠草坡邊等等，太多太多，隨時受遊人見著，不啻是勤儉的農村風光，更是宜蘭特有景致，彌足珍貴。

菜地多，或種菜的小市民多，也因為宜蘭的畸零地多。不論是河灘旁、是圳溝邊、廢棄的建物周圍，凡有隙地，人遂用來種菜。這造成宜蘭很大一部分的蔬菜是主掌在本身栽植它的人手上，而這栽植

者，許多在販售上是屬於「業餘者」。他今早收了多少，便擔著到街上販售多少。這幾乎已是人生最高境界。至若嗜菜者一攤一攤的買過比較後，覺得甲攤的菜特別香甜有滋味，或許與他聊上幾句，繼而聽他如何顧護土壤、如何不施農藥，如何節制收成，聊至後來，頗認同他的理念，甚至產生與他合作之關係。

蔬菜的生態，也道出了宜蘭地土之特色。亦即：宜蘭的極大片土地，皆與水流有關。便因河太多、溪流太多、湧泉太多、伏流太多，「絕對成形的土地」無法太多，而諸多「暫時成形的土地」便最適合權且用來種菜也。

衝擊河流、衝擊田地、衝擊菜地的，大約便是所謂開發了。宜蘭全縣，人口不過四十來萬，老實說，流水以外的稀少土地也頗夠用了，只要這大片土地不過度「派上用場」，則河川的風景會愈發清美，水面的禽魚會欣欣棲息，田地的作物會綠意盎然，當然菜地的篇幅也會一篇接著一篇散佈在人煙四處，是為佳美生活的最真實註腳。

排麵疊碗一絲不苟的羅東鎮興東路無招牌麵店

餛飩麵
乾麵
餛飩湯
麻醬麵
魚丸湯
陽春麵
每碗3
大碗50元
禁止外食

丙、宜蘭的乾麵風景

宜蘭風光明媚，山秀水麗，是個享受大自然的好所在。殊不知宜蘭的吃也是十分精采。

其中有一有趣現象，便是賣麵的很多。再一細看，竟然是賣「白麵」（外省麵，或以「陽春麵」三字稱之者）的頗多。遂坐下來吃，這兒吃吃，那兒吃吃，幾個鄉鎮十幾二十家吃過後，發現太有趣也，請言其詳。

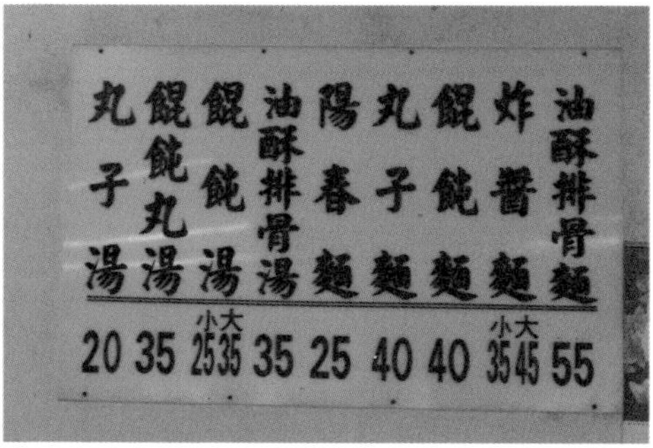

第一，此處言白麵，指的是本省店家所營之麵店，非指外省麵食館也。也就是，白麵的吃習，早已深深融入了宜蘭本地老百姓的生活中久矣。甚至宜蘭人早當它是本省人吃的麵矣。

第二，麵的種類不多，甚至有的招牌只打著「麻醬麵」，顧客一看便知其意。麻醬麵這種外省食物，在宜蘭深受喜愛，逐漸發展出宜蘭版本的麻醬麵，便是調製成較濕較稀的醬，竟頗好吃。另有「蔥油拌麵」，即以豬油拌麵，再加油蔥調味。簡言之，宜蘭的白麵式乾麵甚有可觀也。這樣的店家，如頭城青雲路的「麻醬麵蛤蜊湯」、礁溪中山路的「火車頭小吃店」、宜蘭市北館市場的「一香麵食」、神農路二段的「火生麵店」、新民路的「大麵章」、冬山鄉廣興路的「瞌睡麵」（嗄咕麵），太多太多，加上不少無名的、偏躲在騎樓下的小麵攤，構成宜蘭很美妙的乾麵風景。

當然，宜蘭也賣油麵（本省麵）。傳統的切仔麵便是最典型者。至於賣肉羹的店，若要吃肉羹麵，必定用油麵，絕不見白麵者。主要白麵不太搭也。照說油麵是傳統本省吃習，整個台灣，由北到南，皆習吃切仔麵。然而在宜蘭，它與白麵的比例，竟然不至到壓倒性的落差。這是指與西海岸的各縣鄉之相較下而言。

這不禁教人想要隱隱觀察宜蘭百姓在味覺上的逐步嗜喜了。我粗略的看法，似乎切仔麵（油麵上放三片瘦肉或紅糟肉）在宜蘭也未必那麼普遍矣。更有一可能，每天切仔麵在宜蘭賣出的碗數，根本沒有麻醬麵、蔥油拌麵這種白麵賣出的碗數多呢。

再有一觀察，宜蘭所賣乾麵，不管是麻醬麵或是豬油油蔥拌麵，皆很少淋上大量肉燥的。這與西海岸許多麵店的習慣很是不同。這也是我喜歡在宜蘭吃東西之一面。可以說，宜蘭店家對於下麵、擱醬的板眼比較平實，不會自詡豪情便出手狂放。更有一可能，宜蘭人早年所謙恭恪守的鄉貧式「清淡」飲食觀，猶得一逕保持至今。哪怕近年雪山隧道開通後，新式的奔放縱情式享樂觀已一步步的要進入矣。

嗄咕麵店中仍然保有的舊桌椅

又宜蘭的白麵，有的在製麵時，會調入極薄的鹼料，使之有一絲「淡意麵」的韻味，也令它下入湯鍋後，在碗中調上豬油，更可不膩。然而即使有調鹼步驟，仍做到極淡極淡。或許西部式的Q彈勁化的油性意麵，在宜蘭壓根就不太普遍也不一定。

老店的下麵架勢，一絲也不馬虎

又白麵投入鍋中，是生麵入熱水，需要一點時間令之煮熟，但也不能下得太爛，也就是，頗賴火候的講究。與油麵、米粉、粿條等預熟麵之投入鍋中抖動幾下便可撈起，相當不同。也於是，在宜蘭不少人皆有一種經驗，等一碗麻醬麵，似乎常要等上一陣子這感覺。尤其有些極注重「把麵下熟」的店家，你一點也催他不得。

卅多年前作家黃春明向我說過「駝背麵」的故事。駝背只在湯鍋裏丟兩坨麵，然後蓋起鍋蓋等它熟。客人多來了幾個，囑他同時多投幾坨麵下鍋，他說：「你要趕快，那你到隔壁吃那快煮的東西好了。」一次丟兩坨，為了水溫夠燙，麵的熟度可期。若是同時投多坨麵，大夥皆在半熱不溫水中悶熟，便毫無火候可言。這種堅持，我稱之為「蘭陽式細心」，不只是一家店如此，其實太多麵家甚至太多宜蘭製吃者皆流露此種情操也。

丁、肉羹讚

肉羹，全台各地皆有，卻在宜蘭最為著名且普遍。

有些市鎮很大，賣肉羹的店卻不多；而宜蘭的市鎮鄉縣皆不大，倒是肉羹的販售量、名氣，甚至好吃的程度，皆是全台第一。

這麼一來，倘外地人來到台灣或恰恰來到宜蘭，如何能不嘗嘗宜蘭的肉羹呢？

第一肉羹

您要是羅東鎮、宜蘭市、礁溪鄉各嘗一家，很可能比台灣其他鄉鎮嘗一兩百家合起來的還要多勝。這是很特別的。

在宜蘭，大多的肉羹皆是一整塊肉的，絕少用碎肉摻漿者。在這兒你吃慣了，此後在別鄉再碰上碎肉裹漿之肉羹，說什麼也不吃了。

既是一整塊肉，肉塊的切法，是好吃與否的關鍵。愈能取瘦肉貼近筋環的部位一刀切下，則等下淺抓薯粉後所成之肉羹，愈可能彈滑好吃而不柴。

而這樣的肉，必須是當天宰殺的溫體豬。另外，切肉的師傅，也很要緊。高手選取的部位極精準又極熟練，每一片或每一塊皆做到差不多的Q。

這又是涉及宜蘭的優勢了。宜蘭人被譽為做事最頂真堅持，並挑剔，於是宜蘭的製吃業者最一絲不苟態度會流露在食物上。

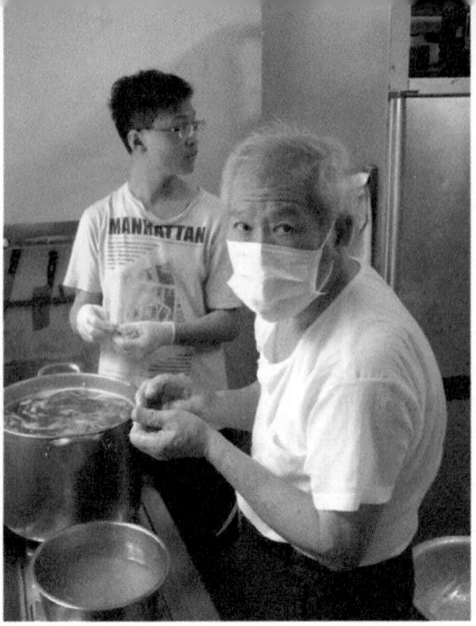
肉羹慶

以羅東的「肉羹慶」（興東南路１２９號）為例，老闆阿慶師他的切肉，便是有板有眼。在這兒吃肉羹並順便瞧一眼他低頭切肉，壓根就是最好的宜蘭觀光。

阿慶師一早去市場買肉，買後腿肉，總是自己親手挑，絕不讓肉販送貨，這便是我稱的「蘭陽式執拗」，很教人佩服。他的肉羹，肉比較薄，是肉片式的，與大多店家的肉塊式的，稍有不同。每日營業七個半小時（上午六點半到下午兩點），要用掉六十斤肉。相較於宜蘭「北門蒜味肉羹」的十二個半小時（上午八點半到晚上九點），加上北門又大排長龍，豈不要用掉一兩百斤肉了。

宜蘭的「第一肉羹」（西後街21號），離「北門」不遠，卻不用排隊，照樣是首屈一指的好味道。與「肉羹慶」皆是吃來從容又滋味絕佳且人潮不多的好店。

「林場肉羹」（羅東鎮中正北路109號）與「肉羹番」（羅東鎮民權路185之1號）與「北門蒜味肉羹」（宜蘭市舊城北路141號），早是遐邇聞名，味美不在話下。

礁溪的「鍾式肉羹」（中山路二段19號），與前幾家稍不同，是加了沙茶的調味，也很受歡迎。

肉羹慶

肉羹，是古老的豬肉料理。在台灣，有些地方，也有人就叫它「赤肉湯」或「赤肉羹」。其實最質樸的料理，最是雋永。若是家裏自己做，不想用番薯粉抓抹它，可以用新鮮生番薯削皮磨成泥，再抹於肉片上，略放，再抹蛋清，大骨湯（或甚至雞湯）沸時，投入，再加菜絲或筍絲或蘿蔔絲，亦可是一碗好肉羹。

老年代辦桌時，豬肉的料理必須製出好幾款，有的燉、有的蒸、有的炸（便如肉捲等），於是肉條抹過粉再燙過水，備著用的，相當普遍。這就是肉羹的前身。

宜蘭是個「辦桌」傳統猶維持極古風古制的保守地方，無怪它的肉羹這麼的普遍、這麼的紮實、又這麼的豐美呢！

戊、宜蘭小吃舉隅

1 羅東碳烤燒餅

雪隧通車後，太多的台北人到宜蘭找尋小吃了。其實宜蘭小吃早就自成一格，也早就是台灣小吃中極為重要的一環。甚至太多西部海岸的市鎮已開始小吃式微化，而宜蘭不但原有的老牌店家沒有往凋零的路上去走，甚而更多新冒出的業者也愈做愈有模

樣。何以如此？我左思右想，或許與宜蘭多年僻處偏鄉、故而宜蘭的業者猶大多有「鄉心篤守」的沉靜恆心有關。

今天講的「羅東碳烤燒餅」，是大桶貼壁烤出的那種燒餅，在台灣，有太多的縣市偌大的幅員裏連一家也找不到，可見這技藝的難度矣。「羅東碳烤燒餅」最出色的是鹹酥餅，一個十二元，我們每次去皆一買就買三、五十個，放在車上。出遊時，上車下車，總聞到餅的香味，教人心神一爽。

這種伸手入炭爐的工作，很是辛苦，但已是一門活的民間手藝，連大陸的大城市亦不之見矣。蘇北、淮北的小市鎮也不容易存續。難怪大陸的遊客見到，繼而一嘗，幾乎要落下眼淚。宜蘭縣推動傳統工藝，也推廣村落美學，一定很慶幸自己縣裏有這麼一家篤守老藝作的小吃鋪子呢！

2 宜蘭市神農甘蔗汁

地址：宜蘭縣羅東鎮南門路32號
時間：週一～週五 07:00~18:00、週六 06:30~18:00
休假：週日

每個城鎮都該有個兩三攤甘蔗汁，令路人隨時想到了，吃一杯。甘蔗汁，不同於其他飲料，是一種與大自然很貼近的飲物；你要喝它，總是先見到一捆捆的黑皮甘蔗，再看到已削了皮的一段段待榨甘蔗，接著一根根甘蔗推進滾輪裡，榨出了這麼一杯瓊漿玉液，你看著它從農產品製成了飲品。這與汽水、泡沫紅茶、酸梅湯等都不同。另外，凡賣甘蔗汁，便往往只是獨賣甘蔗汁一味，不太會兼賣其他喝的東西。這也是極獨特的現象。

或許這種獨售一味的先天個性，造成甘蔗汁的攤子愈來愈少矣。故我謂每個城鎮最好有兩家店，其實是很難的。那種能一逕開下來、又是原汁現榨的店，絕對是城鎮中讓人感念的小風景。

宜蘭市這家「神農甘蔗汁」，便是這樣的優質店。名叫神農，多半因為開在神農路上，但蔗汁養人，頗有神農氏老祖先嘗百草以求在自然界發掘扶人療人物品的美意。

此店最大特色，是重清潔。乃他用的榨汁機，是滾輪可以卸下來刷洗的，每晚刷完晾乾，次日裝上再榨，可保蔗汁

的糖油不會日積月累的貼覆在滾輪凹縫裏。而他的剖刀，將甘蔗剖對半，卻不令斷，如此送入滾輪，較易碾扁，也算保護機器之善舉也。

地址：宜蘭縣宜蘭市神農路二段65號

時間：11:00~22:00

休假：不定

3 宜蘭市北門蒜味肉羹

宜蘭保存了許多別的縣市已然逐漸冷落的小吃，舉個例說，像肉羹。太多的市鎮，肉羹雖有，卻像是聊備一格，人們不怎麼提它；而宜蘭整個縣，肉羹的名舖多的是，且家家都排隊，不僅僅觀光客在排，本地人也排，可見這樁小吃受歡迎的程度。

肉羹的好吃，在於對豬肉的取料。第一，最好是當天屠宰的溫體豬。第二，切下的段落要仔細，儘量切成有瘦卻又稍微接近肉塊彎曲處帶筋的形塊。

再來就是醃製與拍打的過程。這一過程，其實不必太過下功夫，淺淺醃一醃，再稍微抓捏一陣，便可略放令其吸收與熟成。

入水，燙後撈起，放冷。最後在大鍋的羹湯中熬煮，隨時等客人來，一碗一碗打上來。

今天講的「北門蒜味肉羹」，他強調的是蒜味，頗富創意，也與豬肉料理相合，不少饕客皆很著迷這款吃法，有高手說，倘一星期吃三次肉羹，其中必有一次是蒜味。他又道，儘量別吃沙茶調味的，乃沙茶與肉羹未必是良伴。哇塞，蠻有見地呢！

又有人感到，一碗中的肉塊太多，想少吃些肉；有一方法，便是點肉羹米粉或肉羹粿條，如此則肉的份量便可少些了。

地址：宜蘭市舊城北路 141 號

時間：09:00~17:00

休假：週日、週一

4 宜蘭市夏至咖啡

咖啡館的簡餐，一直是相當多饕客探尋美味的地方。尤其在日本，許多有名咖啡館，其簡餐便是人們爭赴的主題。像京都三十年代即創店的 Smart Coffee。

夏至咖啡

在宜蘭，小吃早就極成熟；沒想到最近還開了十分教人驚艷的簡餐式咖啡館，便是今天說的「夏至咖啡」。

「夏至」的簡餐只供應中午，僅兩款，每天只做二十多份，賣完為止。有時是牛肉時雨煮，與南瓜奶油雞肉；亦有時是薑燒豬肉與咖哩雞肉；亦或是南蠻漬炸魚片與南蠻炸雞塊。每一盤端出來，皆甚豐備可喜，連米飯也蓬鬆堆起，像是很欣然的等人嘗它。幾碟配菜，更是清潤爽口，有的是脆物，有的是綿滑之物，皆見出主廚的巧思。並且，吃完絕不會口乾。也就是說，絕無味精也。

咖啡，也是夏至的招牌，淺度與中度烘焙皆備，如錯過了簡餐，好好喝杯咖啡，也絕對不至白來。

地址：宜蘭市中華路48號
時間：週二～週四 11:00~18:00；週五～週六 11:00~19:00
休假：週日、週一

夏至咖啡

5 礁溪清珍早點店

假如你是生長在多雨又冬天濕冷的宜蘭，那麼你絕對會對水霧茫茫的早上有人開店賣烤的燒餅、熱騰騰豆漿、小籠包這種早點極度感激。

礁溪，早已是名聞遐邇的溫泉鄉，但它的中式早點也多年受人稱道，尤其是這家「清珍」。

清珍是大型早點店。所謂「大型」，指的是一個早上的蔥烤餅、黃金餅、鍋貼、蛋餅、小籠包、餡餅與豆漿、米漿等皆要賣出極大的量。另外，工作人員也不能太少，尤其可貴的是，所有東西皆是自家製出的，如蛋餅的餅皮自己烙，豆漿自己磨等等。

大陸的觀光客，被行家帶來此地，吃著招牌的蔥烤餅，喝著原就熟悉的熱豆漿，再嘗一張充滿台灣體貼的蛋餅，覺著這趟旅遊太有風味也。

地址：宜蘭縣礁溪鄉礁溪路四段208號

時間：05:00~12:00（賣完為止）

休假：不固定

6 冬山鄉廣興做粿

宜蘭曾經有幾十年皆是本鄉本土的老百姓自己消費的縣，而近十年則加多了外地遊客也參與了宜蘭的吃。

「廣興做粿」，便是這種傳統手藝的店。

冬山鄉廣興做粿

先說草仔粿，這種墨綠色的粿，有一種迷人又教人不解的幽美顏色。有些外國人從來沒見過這樣的東西，很是好奇。不管吃後是否感到美味，總之對它的外觀、印象皆算很好。

芋粿巧，是最受歡迎的一款粿製品，廣興的火候，使芋條與粿體的比例與軟硬度最受顧客好評。粿製品我平常吃不多，但這兒的芋粿巧我能連吃兩三個。芋粿巧買回去，與滷的豬頭肉，各切成片，以竹籤插起而吃，最美味。

週末時，廣興才推出「九層炊」，這是最講求工夫的蒸糕，由鹹至甜，逐漸增加滋味的程度，是十分古典的鄉土好食物，更是好傳統。

地址：宜蘭縣冬山鄉廣興路205號

時間：10:00~17:00

休假：週一

7 宜蘭市第一肉羹

宜蘭人辦喜事，很多仍是採用鄉間「辦桌」的形式。由於宜蘭保持老傳統很充分，致辦桌菜很具古風。湯湯水水的宴席菜做得好，也會在某一款街頭小食上呈現出來，就是肉羹。

大夥不妨觀察：凡是肉羹製得好的鄉縣，辦桌往往比較高明。

宜蘭是肉羹大縣，早不在話下。今天說的這家「第一」，雖是老字號，卻僻處主

第一肉羹

街後一條小街，因而觀光客較少，也比較不需排隊，而滋味依舊在當地稱得上首屈一指。

肉塊的切法，是肉羹之關鍵。愈能將瘦肉與貼近筋Q的部份一起切下，如此淺抓粉漿而成的肉羹，愈是好吃。「第一」在這方面，最稱老到。滷肉飯的肉末，雖然稍細，然烹燒得很富火候，照樣香潤美腴。

地址：宜蘭市西後街21號

時間：06:30~16:00

休假：不定休

第一肉羹

8
春捲伯
宜蘭縣礁溪鄉龍潭村育龍路21號

9
火車頭小吃店
宜蘭縣礁溪鄉中山路二段22號

10
城隍廟口麵店
宜蘭市城隍街25號

11
四海居小吃
宜蘭市康樂街137巷9號

城隍廟口麵店

12

正好鮮肉小籠包

宜蘭市泰山路25之1號

13

老吳排骨酥

宜蘭市舊城北路123號

14

火生麵店

宜蘭市神農路二段3號

15

大麵章餛飩麵

宜蘭市新民路139號

正好鮮肉小籠包

16
台銀旁蔥油餅
宜蘭市南興街上

17
老吳胡椒餅
宜蘭市復興路一段87號

18
阿公仔龍鳳腿・春捲
羅東鎮民生路與興東路口攤位

19
鴨肉送
羅東鎮中山西街113號之1

老吳胡椒餅

20
嗄咕麵
冬山鄉廣興路142號

21
羅東肉羹番
羅東鎮民權路185之1號

22
林場肉羹
羅東鎮中正北路109號

23
羅東肉羹慶
羅東鎮興東南路129號

嗄咕麵店中仍然保有的舊桌椅

24

無招牌麵店

羅東鎮興東路11之1號

25

羅東紅豆湯圓

羅東鎮中山路三段

26

味珍香卜肉店

三星鄉三星路七段305號

索引

當代名家・舒國治作品

宜蘭一瞥

2015年5月初版　　定價：新臺幣320元

著者	舒國治
發行人	林載爵

出版者	聯經出版事業股份有限公司	叢書主編	胡金倫
地址	台北市基隆路一段180號4樓	整體設計	江宜蔚
編輯部地址	台北市基隆路一段180號4樓	攝影	沈聰榮
叢書主編電話	(02)87876242轉203		黃謙賢
台北聯經書房	台北市新生南路三段94號		
電話	(02)23620308		
台中分公司	台中市北區崇德路一段198號		
暨門市電話：	(04)22312023		
台中電子信箱	e-mail：linking2@ms42.hinet.net		
郵政劃撥帳戶第	0100559-3號		
郵撥電話	(02)23620308		
印刷者	文聯彩色製版印刷有限公司		
總經銷	聯合發行股份有限公司		
發行所	新北市新店區寶橋路235巷6弄6號2樓		
電話	(02)29178022		

行政院新聞局出版事業登記證局版臺業字第0130號

本書如有缺頁，破損，倒裝請寄回台北聯經書房更換。　　ISBN 978-957-08-4533-4 (平裝)
聯經網址： www.linkingbooks.com.tw
電子信箱：linking@udngroup.com

國家圖書館出版品預行編目資料

宜蘭一瞥/舒國治著．初版．臺北市．聯經．2015年5月（民104年）．224面．14.8×21公分（當代名家·舒國治作品）

ISBN 978-957-08-4533-4（平裝）

855 104002525